Zu diesem Buch

Die vierzehn Geschichten dieses Bandes wurden zum erstenmal 1933 unter dem Titel «Winner Take Nothing» veröffentlicht. Sie berichten von sonderbaren und abseitigen Menschen und Vorgängen, die dennoch jedem von uns jederzeit begegnen können. Sie sind Zeugnisse kaltblütiger Beobachtung und heißblütigen Lebens. Sie halten die flüchtigen Augenblicke des Glücks und die lange Dauer des Verlustes fest. Wo sie auch spielen, sie zeichnen mit einer Wahrhaftigkeit, die dem bloß Wirklichen überlegen ist, konzentrierte menschliche Erfahrungen mit einer Schärfe auf, wie sie nur dem Spiegel eines männlichen Bewußtseins eigen ist.

Der als Sohn eines Arztes am 21. Juli 1899 in Oak Park/Illinois geborene Nobelpreisträger der amerikanischen Literatur war ein Meister des metaphysischen Realismus, ein Pionier der Kurzgeschichte und Erneuerer des amerikanischen Romans. 1917, kurz vor dem Abitur, ließ er die Schule im Stich, um Reporter an einer Lokalzeitung in Kansas City zu werden. 1918 ging er mit einer Rote-Kreuz-Kolonne an die italienische Front und wurde verwundet. 1920 lernte er in Chicago den Dichter Sherwood Anderson kennen, der sein literarischer Lehrmeister wurde. 1921 schickte ihn der «Toronto Star» als Sonderkorrespondent in den Nahen Osten und nach Europa. Dann verbrachte Hemingway fünf Jahre in Paris. Im Kreis von Gertrude Stein und Ezra Pound erhielt er hier entscheidende Anregungen. Schon sein erster Roman «Fiesta» (1928; rororo Nr. 5) erregte literarisches Aufsehen. Ernest Hemingway schied nach schwerer Krankheit am 2. Juli 1961 freiwillig aus dem Leben.

Von Ernest Hemingway erschienen außerdem: «Wem die Stunde schlägt» (1948), «In einem andern Land» (rororo Nr. 216), «In unserer Zeit» (rororo Nr. 278), «Männer ohne Frauen» (rororo Nr. 279), «Der alte Mann und das Meer» (rororo Nr. 328, auch als Sonderausgabe zusammen mit «Fiesta»: rororo 12069), «Schnee auf dem Kilimandscharo» (rororo Nr. 413), «Über den Fluß und in die Wälder» (rororo Nr. 458), «Haben und Nichthaben» (rororo Nr. 605), «Die grünen Hügel Afrikas» (rororo Nr. 647), «Tod am Nachmittag» (rororo Nr. 920), «Paris – ein Fest fürs Leben» (rororo Nr. 1438), «49 Depeschen» (rororo Nr. 1533), «Die Sturmfluten des Frühlings» (rororo Nr. 1716), «Inseln im Strom» (rororo Nr. 4080), «Die Nick Adams Stories» (rororo Nr. 5091), «Der Abend vor der Schlacht» (rororo Nr. 5173), «Sämtliche Gedichte» (rororo Nr. 12306), «Gefährlicher Sommer» (rororo Nr. 12457), «Reportagen 1920–1924» (rororo Nr. 12700), «Der Garten Eden» (rororo Nr. 12801), «Die Stories» (Rowohlt 1983), «Ausgewählte Briefe 1917–1961» (Rowohlt 1984) und das Hemingway-Lesebuch «Noch einmal glückliche Tage» (Rowohlt 1988). Die «Gesammelten Werke» von Ernest Hemingway erschienen als zehnbändige rororo-Kassette.

In «rowohlts monographien» erschien als Band 73 eine Darstellung Ernest Hemingways mit Selbstzeugnissen und Bilddokumenten von Georges-Albert Astre, die eine ausführliche Bibliographie enthält. Von Kenneth S. Lynn erschien die Biographie «Hemingway» (rororo Nr. 13032).

Ernest Hemingway

# Der Sieger geht leer aus

14 stories

rororo

Rowohlt

Titel der amerikanischen Originalausgabe «Winner Take Nothing»
Einzig autorisierte Übertragung von Annemarie Horschitz-Horst

254.–256. Tausend November 1997

Veröffentlicht im Rowohlt Taschenbuch Verlag GmbH,
Hamburg, Juli 1958

Umschlaggestaltung Büro Hamburg
(Foto: Süddeutscher Verlag Bilderdienst)
Satz Garamond (Linotron 505 C)
Gesamtherstellung Clausen & Bosse, Leck
Printed in Germany
790-ISBN 3 499 10280 3

# Der Sieger
# geht leer aus

# Nach dem Sturm

Es ging um gar nichts, um irgendwas über Punschmachen, und dann begannen wir zu raufen, und ich rutschte aus, und er kriegte mich unter, kniete mir auf der Brust und würgte mich mit beiden Händen, als ob er mich umbringen wollte, und die ganze Zeit über versuchte ich, mein Messer aus der Tasche zu ziehen, um ihn loszuschneiden. Die anderen waren alle zu betrunken, um ihn von mir fortzuzerren. Er würgte mich und hämmerte meinen Kopf auf den Boden, und ich bekam das Messer raus und öffnete es, und ich schnitt seinen Armmuskel quer durch, und er ließ mich los. Er hätte nicht länger festhalten können, wenn er's noch so gewollt hätte. Dann wälzte er sich und hielt sich den Arm und fing an zu jammern, und ich sagte:

«Zum Teufel noch mal, wozu willst du mich auch abmurksen?»

Ich hätte ihn umbringen können. Eine Woche lang konnte ich nicht schlucken. Er hatte meinen Hals übel zugerichtet.

Na, ich machte von da weg, und es waren 'ne Menge Leute bei ihm, und ein paar kamen hinter mir her, und ich schlug einen Haken und war unten bei den Docks, und ich traf einen Kerl, und der sagte: «Die Straße rauf hat irgendwer einen Mann umgebracht.» Ich sagte: «Wer hat ihn umgebracht?» Und er sagte: «Ich weiß nicht, wer ihn umgebracht hat, aber tot ist er», und es war dunkel, und in der Straße war Wasser und kein Licht und zerbrochene Fenster und Boote in der Stadt alle kieloben und Bäume umgeweht, und alles ganz verweht, und ich nahm ein Skiff und fuhr hinaus und fand mein Boot dort, wo es innerhalb von Mango Key lag, und es war in Ordnung, nur war es voll Wasser. Also schöpfte ich es aus und pumpte es aus, und der Mond schien, aber reichlich Wolken und noch reichlich stürmisch, und ich fuhr mit ihm los, und als es Tageslicht war, war ich auf der Höhe von Eastern Harbor.

Junge, das war vielleicht ein Sturm! Ich war das erste Boot draußen, und du hast nie Wasser gesehen wie das da. Es war geradeso weiß wie ein Faß Lauge, und wenn man von Eastern Harbor nach Sou'west Key fuhr, konnte man die Küste nicht erkennen. Mitten durch den Strand war eine breite Rinne gesprengt, Bäume und alles herausgesprengt und eine Rinne quer durchgetrieben und das ganze Wasser weiß wie Kreide und alles mögliche drauf: Zweige und ganze Bäume und tote Vögel, und alles trieb. Innerhalb der Keys waren alle Pelikane der Welt, und alle Sorten von Vögeln flogen herum. Die waren wohl da reingeflüchtet, als sie merkten, daß es losging.

Einen Tag lang lag ich in Sou'west Key, und niemand war hinter mir her. Ich war das erste Boot draußen, und ich sah eine Spiere treiben, und ich wußte, da mußte ein Wrack sein, und ich fuhr los, um es zu suchen. Ich fand es. Es war ein dreimastiger Schoner, und ich konnte gerade die Enden seiner Spieren aus dem Wasser ragen sehen. Er lag zu tief im Wasser, und ich bekam überhaupt nichts aus ihm raus. Also fuhr ich weiter und suchte nach etwas anderem. Ich war allen anderen voraus, und ich wußte, was immer es gab, das mußte ich bekommen. Ich fuhr weiter von da, wo ich den dreimastigen Schoner zurückließ, über die Sandbarren, und ich fand nichts, und ich fuhr ein langes Stück weiter. Ich war weit draußen in der Nähe des Treibsandes, und ich fand nichts, deshalb fuhr ich weiter. Dann, als das Rebecca-Leuchtfeuer in Sicht kam, sah ich alle Arten von Vögeln, die sich über irgendwas hermachten, und ich steuerte zu ihnen rüber, um zu sehen, was es war, und da war vielleicht eine Wolke von Vögeln!

Ich konnte etwas sehen, das wie eine Spiere aussah und aus dem Wasser ragte, und als ich nah dran war, stiegen die Vögel alle auf in die Luft und blieben dicht um mich rum. Das Wasser da draußen war klar, und da ragte was wie 'ne Spiere gerade aus dem Wasser raus, und wie ich dicht heran bin, sah ich, daß es unter Wasser ganz dunkel war wie ein langer Schatten, und ich fuhr direkt drüber weg, und da unter Wasser lag ein Passagierdampfer, lag einfach da, völlig unter Wasser, so groß wie die ganze Welt. Ich trieb im Boot über ihn weg. Er lag auf der Seite, und das Heck war tief unter Wasser. Die Bullaugen waren alle fest geschlossen, und ich konnte das Glas im Wasser glitzern sehen und seinen ganzen Umfang. Das größte Schiff, das ich je im leben gesehen habe, lag da, und dann fuhr ich seine ganze Länge ab, und dann fuhr ich rüber und warf Anker, und ich schob das Skiff auf dem Deck nach vorn und ins Wasser runter und ruderte zu ihm raus mit all den Vögeln um mich rum.

Ich hatte ein Wasserglas, wie wir's beim Schwammfischen benutzen, und meine Hand zitterte so, daß ich es kaum halten konnte. Alle Bullaugen waren geschlossen, das konnte man sehen, wenn man drüber und dran entlangfuhr, aber tief unten, dicht am Boden, mußte etwas offen gewesen sein, weil da die ganze Zeit über Stücke von irgendwas raustrieben. Man konnte nicht erkennen, was es war. Einfach Stücke. Hinter denen waren also die Vögel her. So viele Vögel hast du im Leben nicht gesehen. Sie waren überall um mich rum; verrücktes Geschrei.

Ich konnte alles klar und deutlich sehen. Ich konnte seine Rundung sehen, und unter Wasser sah er über einen Kilometer lang aus. Er lag auf einer hellen weißen Sandbank, und die Spiere war der Art zufolge, wie er auf der Seite lag und sie aus dem Wasser ragte, 'ne Art Fockmast. Sein Bug war nicht sehr tief unter Wasser. Ich konnte auf dem Bug auf den Buchstaben seines Namens stehen, und mein Kopf war gerade über Wasser. Aber das nächste Bullauge war 12 Fuß unter Wasser. Ich konnte es gerade mit dem Bootshaken erreichen, und versuchte, es damit einzuschlagen, aber ich konnte es nicht. Das Glas war zu dick. Also ruderte ich zu meinem Boot zurück und holte einen Schraubenschlüssel und befestigte ihn am Ende des Bootshakens, aber ich konnte es nicht zerbrechen. Da sah ich nun runter durch das Glas auf den Passagierdampfer mit allem drin, und ich war als erster da, und ich konnte nicht in ihn rein. Er muß für fünf Millionen Dollar Werte in sich gehabt haben.

Mir wurde ganz schwach bei dem Gedanken, was er alles in sich haben mußte. Drinnen, hinter dem Bullauge, das geschlossen war, konnte ich was sehen, aber ich konnte es durch mein Wasserglas nicht erkennen. Mit dem Bootshaken konnte ich nichts ausrichten, und ich zog meine Sachen aus und stand da und holte ein paarmal tief Atem und sprang vom Heck aus mit dem Schraubenschlüssel in der Hand hinab und schwamm hinunter. Ich konnte mich eine Sekunde lang an der Kante des Bullauges festhalten, und ich konnte reinsehen, und da war eine Frau drin, und ihr Haar flutete um sie rum. Deutlich konnte ich sie treiben sehen, und ich schlug mit dem Schraubenschlüssel zweimal fest gegen das Glas, und ich hörte das Geräusch in meinen Ohren klirren, aber es ging nicht in Scherben, und ich mußte wieder auftauchen.

Ich hielt mich am Skiff fest und holte Atem, und dann kletterte ich rein, und dann holte ich ein paarmal Atem und tauchte wieder. Ich schwamm runter und klammerte mich mit den Fingern an der Kante des Bullauges fest und hielt sie fest und schlug, so fest ich konnte, mit dem Schraubenschlüssel gegen das Glas. Ich konnte durch das Glas sehen, wie die Frau im Wasser trieb. Ihr Haar war dicht am Kopf abgebunden, und es flutete im Wasser nach allen Seiten. Ich konnte die Ringe an ihrer einen Hand sehen. Sie war ganz nahe am Bullauge, und ich schlug zweimal gegen das Glas, und es bekam noch nicht mal einen Sprung. Beim Raufkommen dachte ich, ich schaffe es nicht bis nach oben, ohne Atem zu holen.

Ich ging noch mal runter, und ich brachte dem Glas einen Sprung bei, aber bloß einen Sprung, und als ich raufkam, blutete meine Nase, und ich stand mit meinen nackten Füßen auf dem Bug des Passagierdampfers auf den Buchstaben seines Namens, mit dem Kopf gerade über Wasser, und ruhte mich aus, und dann schwamm ich zum Skiff rüber und zog mich dran hoch und rein und saß da und wartete ab, daß mir der Kopf nicht mehr so weh tat, und ich sah runter durch das Wasserglas, aber ich blutete so, daß ich das Wasserglas auswaschen mußte. Dann legte ich mich im Skiff zurück und hielt mir die Hand unter die Nase, um es aufzuhalten, und ich lag mit dem Kopf nach hintenüber und sah rauf, und da war 'ne Million Vögel über mir und um mich rum.

Als das Bluten aufhörte, warf ich noch einen Blick durch das Glas, und dann ruderte ich zu dem Boot rüber, um vielleicht was Schwereres als den Schraubenschlüssel zu finden, aber ich konnte nichts finden, nicht mal einen Schwammhaken. Ich ruderte zurück, und das Wasser wurde immer klarer, und man konnte auf der weißen Sandbank alles sehen, was raustrieb. Ich sah mich nach Haien um, aber es waren keine da. Einen Hai hätte man schon von weitem gesehen. Das Wasser war so klar und der Sand weiß. Am Skiff befand sich ein Ankerring, und ich schnitt ihn ab und ließ mich über Bord und mit ihm runter. Er trug mich runter zu dem Bullauge und es ging runter, tiefer und tiefer, und ich glitt an der geschwungenen Bordwand lang. Ich mußte den Ring loslassen. Ich hörte ihn einmal aufschlagen, und es kam mir wie ein Jahr vor, bis ich wieder rauf an die Oberfläche des Wassers kam. Das Skiff war mit der Strömung abgetrieben, und ich schwamm zu ihm rüber, während meine Nase ins Wasser blutete, während ich schwamm, und ich war heilfroh, daß keine Haie da waren, aber müde war ich.

Mein Kopf war wie auseinandergeplatzt, und ich lag im Skiff und ruhte mich aus, und dann ruderte ich zurück. Es war spät am Nachmittag. Ich tauchte noch mal mit dem Schraubenschlüssel, aber es kam nichts dabei raus. Der Schraubenschlüssel war zu leicht. Es hatte keinen Sinn zu tauchen, wenn man nicht einen schweren Hammer hatte oder irgendwas, was schwer genug war, um was auszurichten. Dann befestigte ich den Schraubenschlüssel noch einmal an dem Bootshaken, und ich beobachtete durch das Wasserglas, und ich schlug auf die Glasscheibe ein und hämmerte drauflos, bis der Schraubenschlüssel abging, und ich sah es klar und deutlich durchs Glas, wie er am Schiff entlangglitt und dann von ihm weg und runter auf den Treibsand und in ihn rein. Nun konnte ich gar nichts mehr machen. Der Schraubenschlüssel war weg, und den Ankerring war ich los, also ruderte ich zu meinem Boot zurück. Ich war zu müde, um das Schiff raufzuziehen, und die Sonne stand ziemlich tief. Die Vögel zogen alle ab und verließen das Schiff, und ich nahm Kurs auf Sou'west Key mit dem Skiff im Schlepp, und die Vögel flogen vor mir her und hinter mir her. Ich war reichlich müde.

In jener Nacht begann es wieder zu stürmen, und es stürmte eine Woche lang. Man konnte nicht zu ihm raus. Sie kamen aus der Stadt und erzählten mir, daß es dem Kerl, dem ich den Muskel hatte durchschneiden müssen, gut ging, bis auf den Arm, und ich ging in die Stadt zurück, und ich mußte 500 Dollar Kaution stellen. Es ging schließlich gut ab, weil ein paar von ihnen, Freunde von mir, schworen, daß er mit einer Axt hinter mir her gewesen war, aber bis wir wieder zu dem Dampfer rauskamen, hatten die Griechen ihn aufgesprengt und ausgeräumt. Das Safe kriegten sie mit Dynamit auf. Keiner hat je erfahren, wieviel sie kriegten. Er hatte Gold geladen, und sie kriegten es alles. Sie plünderten ihn bis aufs letzte. Ich hatte ihn gefunden, und ich bekam noch keinen Penny aus ihm raus.

Es war schon eine beschissene Angelegenheit. Man sagt, das Schiff sei gerade vor dem Hafen von Havanna gewesen, als der Orkan losbrach, und es konnte nicht hinein, oder die Eigner wollten nicht, daß der Kapitän das Risiko lief, wieder zurückzukommen; man sagt, er habe es versuchen wollen; also mußten sie mit dem Sturm mit, und in der Dunkelheit jagten sie vor ihm her und versuchten zwischen Rebecca und Tortugas durch den Golf zu kommen, als sie auf den Treibsand liefen. Vielleicht wurde ihnen das Steuerruder weggerissen. Vielleicht steuerten sie nicht einmal. Aber wie dem auch war, sie konnten nicht gewußt haben, daß es Treibsand war, und als sie aufliefen, muß der Kapitän Order gegeben haben, die Ballasttanks zu öffnen, damit sie festliegen würden. Aber es war Treibsand, in den sie geraten waren, und als sie die Tanks aufmachten, sackte der Dampfer ab mit dem Heck zuerst und legte sich dann auf die Seite. Es waren vierhundertfünfzig Passagiere und die Mannschaft an Bord, und sie müssen alle an Bord gewesen sein, als ich ihn fand. Die müssen die Tanks aufgemacht haben, sobald er auflief, und in der Minute, in der er sich auf den Treibsand niederließ, zog es ihn runter. Dann müssen die Kessel geplatzt sein, und das war's wohl, woher all die Stücke kamen, die umhertrieben. Es war aber komisch, daß keine Haie da waren. Nicht ein Fisch war da. Ich hätte sie auf dem hellen weißen Sand sehen können.

Jetzt jedoch gab es massenhaft Fische, schwarze Seebarsche, von der größten Sorte. Der größte Teil des Dampfers ist jetzt unterm Sand, aber sie leben in ihm drin, die größte Sorte schwarze Seebarsche. Manche wiegen drei- bis vierhundert Pfund. Irgendwann wollen wir mal rausfahren und welche fangen. Von dort, wo er liegt, kann man das Rebecca-Leuchtfeuer sehen. Man hat jetzt eine Boje auf ihm angebracht. Er liegt da, wo der Treibsand aufhört, direkt am Rande des Golfs. Sie hatten die Durchfahrt um höchstens achtzig Meter verfehlt. In der Dunkelheit, in dem Sturm hatten sie sie gerade verfehlt; es regnete derartig, daß sie die Rebecca nicht sehen konnten. Außerdem sind sie an derartige Sachen nicht gewöhnt. Der Kapitän eines Passagierdampfers ist nicht gewöhnt, so zu lenzen. Sie haben ihren Kurs, und man hat mir erzählt, sie setzen eine Art Kompaß, und es steuert sich von allein. Sie wußten wahrscheinlich nicht, wo sie waren, als sie vor dem Sturm herjagten, aber sie hätten es beinahe geschafft. Vielleicht hatten sie jedoch das Steuerruder verloren. Wie dem auch war, es gab sonst nichts zum Auflaufen, bis sie nach Mexiko kamen, sobald sie erst mal im Golf waren. Muß aber schon allerhand gewesen sein, als sie in dem Regen und Wind aufliefen, und er ihnen befahl, die Tanks zu öffnen. Bei dem Sturm und Regen kann niemand an Deck gewesen sein. Alle müssen unten gewesen sein. An Deck konnte man sich nicht aufhalten. Drinnen müssen sich schon allerhand Szenen abgespielt haben, nämlich, weißt du, er sank schnell. Ich hab gesehen, wie der Schraubenschlüssel im Sand versank. Der Kapitän konnte, als er auflief, nicht gewußt haben, daß es Treibsand war, außer wenn er die Gewässer hier kannte. Er wußte bloß, daß es kein Felsen war. Er muß alles von der Brücke aus gesehen haben. Er muß gewußt haben, was los war, als sie aufliefen. Ich möchte wissen, wie schnell es ging. Ob wohl der Steuermann bei ihm war? Glaubst du, daß sie auf der Brücke blieben, oder glaubst du, daß sie's im Freien geschluckt haben? Man hat nie irgendwelche Leichen gefunden. Nicht eine einzige. Niemand trieb umher. Und mit Rettungsringen treiben sie lange Strecken. Sie müssen es drinnen geschluckt haben. Na, die Griechen haben alles gekriegt. Alles. Die müssen mächtig schnell da gewesen sein. Sie plünderten ihn gänzlich aus. Zuerst waren die Vögel da, dann ich, dann die Griechen, und selbst die Vögel kriegten mehr aus ihm raus als ich.

# Ein sauberes, gutbeleuchtetes Café

Es war spät, und alle hatten das Café verlassen bis auf einen alten Mann, der in dem Schatten saß, den die Blätter des Baumes vor dem elektrischen Licht warfen. Bei Tag war die Straße staubig, aber nachts hielt der Tau den Staub nieder, und der alte Mann saß gern spät hier, denn er war taub, und jetzt in der Nacht war es still, und er spürte den Unterschied. Die beiden Kellner drinnen im Café wußten, daß er, obschon er ein guter Kunde war, ohne zu zahlen wegging, wenn er zuviel getrunken hatte, darum behielten sie ihn im Auge.

«Letzte Woche hat er einen Selbstmordversuch gemacht», sagte der eine Kellner.

«Warum?»

«Aus Verzweiflung.»

«Worüber?»

«Über nichts.»

«Woher weißt du, daß es nichts war?»

«Er hat 'ne Masse Geld.»

Sie saßen zusammen an einem Tisch dicht an der Wand neben dem Eingang des Cafés und sahen hinaus auf die Terrasse, wo alle Tische leer waren bis auf den einen, an dem der alte Mann im Schatten der Blätter des Baumes saß, die sich leicht im Winde bewegten. Ein Mädchen und ein Soldat gingen auf der Straße vorüber. Das Laternenlicht fiel auf die Messingnummer auf seinem Kragen. Das Mädchen trug keine Kopfbedeckung und eilte neben ihm her.

«Die Wache wird ihn festnehmen», sagte der eine Kellner.

«Was macht's, wenn er das bekommt, worauf er aus ist?»

«Er sollte lieber jetzt von der Straße verschwinden. Die Wache wird ihn festnehmen. Vor fünf Minuten sind sie vorbeigekommen.»

Der alte Mann, der im Schatten saß, klopfte mit seinem Glas auf die Untertasse. Der jüngere Kellner ging zu ihm hinüber.

«Sie wünschen?»

Der alte Mann sah ihn an. «Noch einen Schnaps», sagte er.

«Sie werden sich betrinken», sagte der Kellner. Der alte Mann blickte ihn an. Der Kellner ging fort.

«Der bleibt die ganze Nacht», sagte er zu seinem Kollegen. «Ich bin schläfrig. Ich komme nie vor drei ins Bett. Er hätte sich letzte Woche umbringen sollen.»

Der Kellner nahm drinnen im Café die Schnapsflasche und eine neue Untertasse vom Büfett und schlenderte hinaus an den Tisch des alten Mannes. Er stellte die Untertasse hin und goß das Glas voll Schnaps.

«Sie hätten sich vergangene Woche umbringen sollen», sagte er zu dem tauben Mann. Der alte Mann zeigte mit dem Finger. «Ein bißchen mehr», sagte er. Der Kellner goß weiter ein, so daß der Schnaps überfloß und am Stiel des Glases bis auf die obere Untertasse des Stapels hinunterlief. «Danke», sagte der alte Mann. Der Kellner nahm die Flasche ins Café zurück. Er setzte sich wieder zu seinem Kollegen an den Tisch.

«Er ist bereits betrunken», sagte er.

«Er ist jeden Abend betrunken.»

«Warum wollte er sich umbringen?»

«Woher soll ich das wissen?»

«Wie hat er's denn angefangen?»

«Er hat sich mit einem Strick aufgehängt.»

«Wer hat ihn abgeschnitten?»

«Seine Nichte.»

«Warum hat sie es getan?»

«Angst um sein Seelenheil.»

«Wieviel Geld hat er?»

«'ne Masse.»

«Er muß an die achtzig sein.»

«Für achtzig halte ich ihn bestimmt.»

«Ich wünschte, er ginge nach Hause. Ich komme nie vor drei ins Bett. Ist das eine Zeit, um ins Bett zu gehen?»

«Er bleibt auf, weil er's mag.»

«Er ist einsam. Ich bin nicht einsam. Ich habe eine Frau, die im Bett auf mich wartet.»

«Er hatte auch mal eine Frau.»

«Von einer Frau würde er jetzt nicht viel haben.»

«Das weiß man nicht. Vielleicht ging's ihm besser mit einer Frau.»

«Seine Nichte kümmert sich um ihn.»

«Ich weiß. Du hast gesagt, daß sie ihn abgeschnitten hat.»

«Ich möchte nicht so alt werden. Ein alter Mann ist etwas Ekelhaftes.»

«Nicht immer. Der Alte da ist sauber. Er trinkt, ohne was zu verschütten. Sogar jetzt, betrunken. Sieh ihn dir an.»

«Ich will ihn nicht ansehen. Ich wünschte, er ginge nach Hause. Er nimmt keine Rücksicht auf die Leute, die arbeiten müssen.»

Der alte Mann sah von seinem Glas auf über den Platz und dann hinüber zu den Kellnern.

«Noch einen Schnaps», sagte er und zeigte auf sein Glas.

Der Kellner, der es eilig hatte, ging hinüber.

«Schluß», sagte er, und dann, unter Umgehung aller Syntax,

wie's dumme Leute tun, wenn sie mit Betrunkenen und Ausländern sprechen: «Nichts mehr heute. Schließen jetzt.»

«Noch einen», sagte der alte Mann.

«Nein, Schluß.» Der Kellner wischte mit einer Serviette über den Tischrand und schüttelte den Kopf.

Der alte Mann stand auf, zählte langsam die Untertassen, zog ein ledernes Portemonnaie aus der Tasche, zahlte für die Getränke und ließ eine halbe Peseta Trinkgeld liegen.

Der Kellner sah ihm nach, als er die Straße entlangging, ein sehr alter Mann, schwankenden Schritts, aber voll Würde.

«Warum hast du ihn nicht sitzen und trinken lassen?» fragte der Kellner, der es nicht eilig hatte. Sie ließen die Rolläden herunter. «Es ist noch nicht halb drei.»

«Ich will nach Hause, ins Bett.»

«Was ist schon eine Stunde?»

«Für mich mehr als für ihn.»

«Eine Stunde ist eine Stunde.»

«Du redest selbst wie ein alter Mann. Er kann sich eine Flasche kaufen und zu Hause trinken.»

«Das ist nicht dasselbe.»

«Nein, das stimmt», gab der Kellner, der eine Frau hatte, zu. Er wollte nicht ungerecht sein. Er hatte es nur eilig.

«Und du? Du hast keine Angst, wenn du früher als gewöhnlich nach Hause kommst?»

«Willst du mich beleidigen?»

«Nein, *hombre*, ich mach nur Spaß.»

«Nein», sagte der Kellner, der es eilig hatte, und richtete sich auf; er hatte gerade die eisernen Rolladen heruntergelassen. «Ich habe Vertrauen, vollstes Vertrauen.»

«Du hast Jugend, Vertrauen und Arbeit», sagte der ältere Kellner. «Du hast alles.»

«Und was fehlt dir?»

«Alles, bis auf Arbeit.»

«Du hast alles, was ich habe.»

«Nein. Ich hab nie Vertrauen gehabt, und ich bin nicht jung.»

«Los, komm! Red keinen Unsinn und schließ zu.»

«Ich bin einer von denen, die gern lange im Café bleiben», sagte der ältere Kellner. «Mit all denen, die nicht ins Bett gehen wollen. Mit all denen, die nachts Licht brauchen.»

«Ich will nach Hause und ins Bett.»

«Wir beide sind ganz verschiedene Naturen», sagte der ältere Kellner. Er war jetzt angezogen, um nach Hause zu gehen. «Es ist nicht nur eine Frage von Jugend und Vertrauen, obwohl beides wunderbar ist. Nur mit Widerstreben mach ich jede Nacht zu, weil vielleicht jemand das Café braucht.»

«*Hombre*, es gibt *bodegas*, die die ganze Nacht offen sind.»

«Du verstehst das nicht. Dies ist ein sauberes und angenehmes Café. Es ist gut beleuchtet. Das Licht ist sehr gut, und jetzt sind auch noch die Schatten der Blätter da.»

«Gute Nacht», sagte der jüngere Kellner.

«Gute Nacht», sagte der andere. Er drehte das elektrische Licht aus und setzte die Unterhaltung mit sich selbst fort. Es ist natürlich das Licht, aber außerdem muß der Raum sauber und angenehm sein. Man will keine Musik haben. Man kann auch nicht mit Würde an der Bar stehen, obwohl das alles ist, was für diese Zeit vorgesehen ist. Wovor hatte er Angst? Es war nicht Angst oder Furcht. Es war ein Nichts, das er nur zu gut kannte. Es war alles ein Nichts, und der Mensch war auch ein Nichts. Es war nur das, und Licht war alles, was man brauchte und eine gewisse Sauberkeit und Ordnung. Manche lebten darin und fühlten es gar nicht, aber er wußte, es war alles *nada y pues nada y pues nada. Nada* unser, der du bist im *nada*, *nada* sei Dein Name, Dein Reich *nada*, Dein Wille *nada*, wie im *nada* also auch auf *nada*. Unser täglich *nada* gib uns *nada*, und *nada* uns unsere *nada*, wie wir *nadan* unsern *nadan*. *Nada* uns nicht in *nada*, sondern erlöse uns von dem *nada*; *pues nada*. Heil dem Nichts, voll von Nichts. Nichts ist mit dir. Er lächelte und stand vor einer Theke mit einer glänzenden Kaffee-Espressomaschine.

«Was bekommen Sie?» fragte der Mann hinter der Theke.

«*Nada.*»

«*Otro loco mas*», sagte der Mann und wandte sich ab.

«Eine kleine Tasse», sagte der Kellner.

Der Mann schenkte sie ihm ein.

«Das Licht ist sehr hell und angenehm, aber die Theke ist nicht poliert», sagte der Kellner.

Der Mann sah ihn an, antwortete aber nicht. Es war zu spät in der Nacht, um sich zu unterhalten.

«Wollen Sie noch eine *copita*?» fragte der Mann.

«Nein, danke», sagte der Kellner und ging hinaus. Er konnte Bars und *bodegas* nicht leiden. Ein sauberes, gutbeleuchtetes Café war etwas ganz anderes. Jetzt würde er, ohne weiter zu grübeln, nach Hause in sein Zimmer gehen. Er würde in seinem Bett liegen und endlich bei Tageslicht einschlafen. Schließlich, sagte er zu sich, ist es wahrscheinlich nur Schlaflosigkeit. Sicher haben das viele.

Als er uns zur Tür hereinkommen sah, blickte der Wirt auf und langte dann hinüber und stülpte die Glasglocken über die beiden Gratis-Lunch-Schüsseln.

«Geben Sie mir ein Bier», sagte ich.

Er zapfte es ab, strich den Schaum mit dem Spatel herunter und hielt dann das Glas in der Hand. Ich legte meine 5 Cents aufs Faß, und er schob mir das Bier zu.

«Was bekommen Sie?» sagte er zu Tom.

«Bier.»

Er zapfte das Bier, strich es ab, und als er das Geld sah, schob er das Bier zu Tom hinüber.

«Was ist denn los?» fragte Tom.

Der Mann hinter der Theke antwortete ihm nicht. Er sah einfach über unsere Köpfe hinweg und sagte zu einem Mann, der gerade hereinkam: «Was bekommen Sie?»

«Whiskey», sagte der Mann. Der Wirt stellte die Flasche raus und ein Glas und ein Glas Wasser dazu.

Tom langte hinüber und nahm die Glasglocke von der Gratis-Lunch-Schüssel. Es waren Schweinsfüße in Sülze, und es lag ein hölzernes Instrument dabei, das wie eine Schere funktionierte, mit zwei hölzernen Gabeln am Ende, um sie herauszuheben.

«Nein», sagte der Mann hinter der Theke und stülpte die Glasglocke wieder über die Schüssel. Tom hielt die hölzerne Scherengabel in der Hand. «Legen Sie sie hin», sagte der Mann hinter der Theke.

«Sie können mich mal», sagte Tom.

Der Wirt langte mit einer Hand unter die Theke und beobachtete uns beide. Ich legte 50 Cents aufs Faß, und er richtete sich auf.

«Was bekommen Sie?» fragte er.

«Bier», sagte ich, und bevor er das Bier abzog, deckte er beide Schüsseln auf.

«Ihre verdammten Schweinsfüße stinken», sagte Tom und spuckte, was er im Mund hatte, auf die Erde. Der Wirt sagte nichts. Der Mann, der den Whiskey getrunken hatte, zahlte und ging hinaus, ohne sich umzusehen.

«Sie stinken selbst», sagte der Mann hinter der Theke. «All ihr Lausebengel stinkt.»

«Er sagt, wir sind Lausejungen», sagte Tom zu mir.

«Komm», sagte ich. «Laß uns abhauen.»

«Raus mit euch, aber verdammt schnell, ihr Lausebengel», sagte der Wirt.

«Ich hab gesagt, daß wir gehen», sagte ich. «Es war nicht Ihre Idee.»

«Wir kommen wieder», sagte Tom.

«Nein, das werdet ihr nicht», antwortete ihm der Wirt.

«Sag ihm, daß er sich aber sehr irrt.» Tom wandte sich mir zu.

«Los, komm», sagte ich.

Draußen war es angenehm und dunkel.

«Was für ein gottverfluchter Ort ist denn das?» fragte Tom.

«Ich weiß nicht», sagte ich. «Wir wollen zum Bahnhof runtergehen.»

Wir waren in jene Stadt an einem Ende hereingekommen und gingen am andern hinaus. Es roch nach Häuten und Lohe und den großen Haufen von Sägemehl. Es begann zu dunkeln, als wir in die Stadt kamen, und jetzt, wo es dunkel war, war es kalt, und die Wasserpfützen auf der Straße froren am Rand zu.

Unten im Bahnhof warteten fünf Huren, sechs weiße Männer und drei Indianer auf das Einlaufen des Zugs. Es war überfüllt und heiß vom Ofen und voll mit schalem Rauch. Es sprach niemand, als wir hereinkamen, und der Fahrkartenschalter war geschlossen.

«Kannst du die Tür nicht zumachen?» sagte jemand.

Ich blickte auf, um zu sehen, wer es gesagt hatte. Es war einer der weißen Männer. Er trug eine Sporthose und Gummistiefel wie ein Holzfäller und ein Mackinaw-Hemd wie die anderen, aber er hatte keine Mütze auf, und sein Gesicht war weiß, und seine Hände waren weiß und dünn.

«Na, willst du sie nicht zumachen?»

«Gewiß», sagte ich und machte sie zu.

«Danke», sagte er. Einer der anderen Männer wieherte los.

«Jemals mit einem Koch angebandelt?» sagte er zu mir.

«Nein.»

«Mit dem hier kannst du anbandeln.» Er blickte den Koch an. «Er mag's gern.»

Der Koch sah von ihm weg und preßte die Lippen fest aufeinander.

«Er tut Zitronensaft auf seine Hände», sagte der Mann. «Er würde sie um nichts in der Welt ins Spülwasser stecken. Sieh mal, wie weiß sie sind.»

Eine der Huren lachte laut heraus. Sie war die dickste Hure und die dickste Frau, die ich je im Leben gesehen habe. Und sie hatte eines von diesen Kleidern aus changierender Seide an. Außer ihr waren noch zwei Huren da, die fast ebenso dick waren, aber die Dicke wog bestimmt ihre dreihundert Pfund. Man traute seinen Augen nicht, wenn man sie anblickte. Alle drei trugen solche changierenden Seidenkleider. Sie saßen nebeneinander auf der Bank. Sie waren enorm. Die anderen beiden waren einfach ganz normal aussehende Huren, Wasserstoffblondinen.

«Sehen Sie sich mal seine Hände an», sagte der Mann und nickte mit dem Kopf zu dem Koch hin.

Die Hure lachte von neuem und schütterte am ganzen Körper.

Der Koch wandte sich um und sagte schnell zu ihr: «Du großer, widerwärtiger Fleischklumpen.»

Sie lachte und schütterte einfach weiter.

«Herr Jesus, nein», sagte sie. Sie hatte eine angenehme Stimme. «Ach du lieber Herr Jesus.»

Die beiden anderen Huren, die dicken, benahmen sich sehr ruhig und gelassen, so als ob sie nicht viel Verstand hätten, aber dick waren sie, fast so dick wie die Dickste. Sie wogen beide sicher über zweihundert Pfund. Die anderen beiden taten erhaben.

An Männern waren außer dem Koch und dem, der redete, noch zwei Holzfäller da, einer, der interessiert, aber verschämt zuhörte, und ein anderer, der anscheinend Anstalten machte, etwas zu sagen, und zwei Schweden. Zwei Indianer saßen am Ende der Bank, und einer lehnte an der Wand.

Der Mann, der Anstalten machte, etwas zu sagen, sagte sehr leise zu mir: «Muß sein, wie wenn man auf einen Heuhaufen steigt.»

Ich lachte und sagte es Tommy.

«Ich schwöre bei Gott, so was ist mir noch nicht vorgekommen», sagte er. «Sieh dir die drei an.»

Dann nahm der Koch das Wort. «Wie alt seid ihr Jungens?»

«Ich bin sechsundneunzig und er ist neunundsechzig», sagte Tommy.

«Ha, ha, ha.» Die dicke Hure schütterte vor Lachen. Sie hatte eine wirklich angenehme Stimme. Die anderen Huren lächelten nicht.

«Ach, kannst du denn nicht anständig sein?» sagte der Koch. «Ich fragte doch nur aus Freundlichkeit.»

«Wir sind siebzehn und neunzehn», sagte ich.

«Was ist denn mit dir los?» wandte sich Tommy an mich.

«Laß gut sein.»

«Du kannst Alice zu mir sagen», sagte die dicke Hure, und dann begann sie wieder zu schüttern.

«Heißt du so?» fragte Tommy.

«Gewiß», sagte sie. «Alice, nicht wahr?» Sie wandte sich an den Mann, der neben dem Koch saß.

«Alice. Das stimmt.»

«Das ist so ein Name, wie er zu dir paßt», sagte der Koch.

«Es ist mein richtiger Name», sagte Alice.

«Wie heißen die anderen Mädchen?» fragte Tom.

«Hazel und Ethel», sagte Alice. Hazel und Ethel lächelten. Sie waren nicht sehr helle.

«Wie heißt du?» sagte ich zu einer der Blondinen.

«Frances», sagte sie.

«Frances und weiter?»

«Frances Wilson. Was geht's dich an?»

«Und wie heißt du?» fragte ich die andere.

«Ach, sei nicht so frech», sagte sie.

«Er will ja nur, daß wir alle gut Freund sind», sagte der Mann, der gern redete. «Willst du denn nicht gut Freund sein?»

«Nein», sagte die Wasserstoffblonde, «nicht mit dir.»

«Sie ist einfach ein Drachen», sagte der Mann. «Ein richtiger kleiner Drachen.»

Die eine Blondine sah die andere an und schüttelte den Kopf.

«Gottverdammte alte Hinterwäldler», sagte sie.

Alice begann von neuem zu lachen und am ganzen Körper zu schüttern.

«Das ist doch nicht komisch», sagte der Koch. «Ihr lacht alle, aber was ist denn da komisch? Ihr zwei jungen Burschen, wo geht denn die Reise hin?»

«Wo willst du denn selber hin?» fragte ihn Tom.

«Ich will nach Cadillac», sagte der Koch. «Seid ihr jemals da gewesen? Meine Tante wohnt dort.»

«Er ist selbst 'ne Tante», sagte einer der Männer in Sporthosen.

«Kannst du denn nicht damit aufhören?» fragte der Koch. «Können wir uns nicht anständig unterhalten?»

«Cadillac ist der Ort, wo Steve Ketchel herkam und wo Ad Wolgast her ist», sagte der schüchterne Mann.

«Steve Ketchel», sagte eine der Blondinen mit einer hohen Stimme, als ob der Name etwas in ihr ausgelöst hätte. «Sein eigener Vater schoß auf ihn und hat ihn getötet. Ja, weiß Gott, sein eigener Vater. Heute gibt es keine Männer mehr wie Steve Ketchel.»

«Hieß er nicht Stanley Ketchel?» fragte der Koch.

«Ach, halt den Mund», sagte die Blondine. «Was weißt du denn von Steve? Stanley! Doch nicht Stanley. Steve Ketchel war der beste und schönste Mann, der je gelebt hat. Ich habe niemals einen zweiten Mann gesehen, der so weiß und rein und schön war wie Steve Ketchel. Es hat nie wieder so einen Mann gegeben. Er bewegte sich genau wie ein Tiger, und er war der beste, spendabelste Mensch, der je gelebt hat.»

«Hast du ihn gekannt?» fragte einer der Männer.

«Ob ich ihn gekannt habe? Ob ich ihn gekannt habe? Ob ich ihn geliebt habe? Das fragst du mich? Ich habe ihn gekannt, wie du keinen Menschen auf der ganzen Welt kennst, und ich habe ihn geliebt, wie man Gott liebt. Er war der größte, beste, weißeste, schönste Mann, der je gelebt hat, Steve Ketchel, und sein eigener Vater hat ihn wie einen Hund niedergeknallt.»

«Warst du mit ihm zusammen an der Küste?»

«Nein, ich kannte ihn vorher. Er war der einzige Mann, den ich je geliebt habe.»

Alle waren voller Hochachtung für die Wasserstoffblondine, die all dies auf laute, theatralische Art vorbrachte, aber Alice begann wieder zu schüttern. Ich fühlte es, weil ich neben ihr saß.

«Du hättest ihn heiraten sollen», sagte der Koch.

«Ich habe seiner Karriere nicht schaden wollen», sagte die Wasserstoffblondine. «Ich wollte ihm kein Hindernis sein. Eine Ehefrau war nicht das, was er brauchte. Ach, mein Gott, was das für ein Mann war!»

«Das war höchst anständig von dir gedacht», sagte der Koch. «Hat ihn nicht aber Jack Johnson k. o. geschlagen?»

«Das war ein gemeiner Kniff», sagte Wasserstoff. «Das große Luder überrumpelte ihn einfach. Er hatte Jack Johnson gerade zu Boden geschmettert, den großen schwarzen Scheißkerl. Der Nigger hat einfach Dusel gehabt, als er ihn schlug.»

Der Fahrkartenschalter wurde geöffnet, und die drei Indianer gingen hinüber.

«Steve hatte ihn zu Boden geschlagen», sagte Wasserstoff. «Er drehte sich um, um mir zuzulächeln.»

«Ich dachte, du hast gesagt, du bist nicht an der Küste gewesen», sagte irgendwer.

«Ich fuhr extra hin, nur für den Kampf. Steve drehte sich um, um mir zuzulächeln, und der schwarze Teufel von einem Scheißkerl da sprang hoch und versetzte ihm eins ganz überraschend. Steve konnte hundert von der Sorte von schwarzen Scheißkerlen erledigen.»

«Er war ein großer Boxer», sagte einer der Holzfäller.

«Weiß Gott, das war er», sagte Wasserstoff. «Weiß Gott, es gibt jetzt keine solchen Boxer mehr. Er war wie ein Gott, wahrhaftig, so weiß und rein und schön und glatt und schnell und wie ein Tiger oder ein Blitz.»

«Ich hab ihn im Film von dem Kampf gesehen», sagte Tom. Wir waren alle sehr gerührt. Alice schütterte am ganzen Körper, und ich blickte hin und sah, daß sie weinte. Die Indianer waren auf den Bahnsteig hinausgegangen.

«Er war mir mehr, als einem ein Ehemann je sein kann», sagte Wasserstoff. «In Gottes Augen waren wir verheiratet, und ich gehöre ihm eben jetzt und werde ihm immer gehören, und alles, was ich bin, gehört ihm. Mein Körper ist mir egal. Jeder kann meinen Körper haben. Meine Seele gehört Steve Ketchel. Weiß Gott, das war ein Mann.»

Alle fühlten sich gräßlich. Es war traurig und peinlich. Dann sprach Alice, die immer noch bebte. «Du bist eine dreckige Lügnerin», sagte sie mit ihrer tiefen Stimme. «Du hast dein Lebtag niemals mit Steve Ketchel geschlafen, und du weißt es.»

«Wie kannst du das sagen», sagte Wasserstoff stolz.

«Ich sage es, weil es wahr ist», sagte Alice. «Ich bin die einzige hier, die Steve Ketchel je gekannt hat, und ich komme aus Mancelona, und ich kannte ihn da, und es ist wahr, und du weißt, daß es wahr ist, und Gott soll mich auf der Stelle tot umfallen lassen, wenn es nicht wahr ist.»

«Mich soll er auch auf der Stelle tot umfallen lassen», sagte Wasserstoff.

«Es ist wahr, wahr, wahr, und du weißt es. Nicht einfach erfunden, und ich weiß genau, was er zu mir gesagt hat.»

«Was hat er denn gesagt?» fragte Wasserstoff gelassen.

Alice weinte so, daß sie vor Schüttern kaum sprechen konnte. «Er hat gesagt: ‹Du bist ein wunderbares Stück, Alice.› Genau das hat er gesagt.»

«Das ist gelogen», sagte Wasserstoff.

«Es ist wahr», sagte Alice. «Das hat er wahrhaftig gesagt.»

«Es ist gelogen», sagte Wasserstoff stolz.

«Nein, es ist wahr, wahr, wahr. Bei Jesus und Maria, es ist wahr.»

«Steve hätte das nicht sagen können. So hat er nicht gesprochen», sagte Wasserstoff vergnügt.

«Es ist wahr», sagte Alice mit ihrer angenehmen Stimme. «Und es ist mir ganz einerlei, ob du es glaubst oder nicht.» Sie weinte nicht mehr und hatte sich beruhigt.

«Es wäre Steve unmöglich gewesen, so was zu sagen», erklärte Wasserstoff.

«Er hat es gesagt», sagte Alice und lächelte. «Und ich erinnere mich, wann er es gesagt hat, und ich *war* damals ein wunderbares Stück, genau wie er gesagt hat, und auch jetzt bin ich ein besseres Stück als du, du vertrocknete alte Wärmflasche.»

«Du kannst mich nicht beleidigen, du fette Eiterbeule, du», sagte Wasserstoff. «Ich habe meine Erinnerungen.»

«Nein», sagte Alice mit ihrer süßen, lieblichen Stimme, «du hast gar keine richtigen Erinnerungen, außer daß du die Eierstöcke raushast und als du mit C. und M. anfingst. Alles übrige hast du einfach in der Zeitung gelesen. Ich bin sauber, und du weißt es, und die

Männer mögen mich, obschon ich dick bin, und du weißt es, und ich lüge niemals, und du weißt es.»

«Laß mich mit meinen Erinnerungen», sagte Wasserstoff, «mit meinen wahren, wundervollen Erinnerungen.»

Alice blickte sie an und dann uns, und ihr Gesicht verlor den verletzten Ausdruck, und sie hatte wohl das hübscheste Gesicht, das ich jemals gesehen habe. Sie hatte ein hübsches Gesicht und eine feine, glatte Haut und eine wunderschöne Stimme, und bestimmt war sie nett und richtig herzlich. Aber weiß Gott, dick war sie! Sie war so dick wie drei Frauen.

Tom sah, daß ich sie anblickte, und er sagte: «Komm, los. Gehen wir.»

«Auf Wiedersehen», sagte Alice. Sie hatte wirklich eine angenehme Stimme.

«Auf Wiedersehen», sagte ich.

«In welcher Richtung geht ihr Jungens?» fragte der Koch.

«In der entgegengesetzten wie du», antwortete ihm Tom.

# Gott hab euch selig, ihr Herren

In jenen Tagen waren die Entfernungen alle ganz andere; von den Hügeln, die jetzt abgetragen sind, wehte der Staub herunter, und Kansas City war genau wie Konstantinopel. Vielleicht glauben Sie es nicht. Niemand glaubt es, aber wahr ist es. An diesem Nachmittag schneite es, und in dem in der frühen Dunkelheit hell erleuchteten Schaufenster eines Automobilhändlers stand ein Rennwagen völlig in Silber fassoniert mit einem Schild: ‹Dans Argent› auf der Kühlerhaube. Ich dachte, das bedeutet ‹Silbertanz› oder ‹Silbertänzer› und ging, nicht ganz sicher, welches von beiden es nun bedeutete, aber begeistert von dem Anblick des Wagens und erfreut über meine Kenntnisse einer fremden Sprache, im Schnee die Straße hinunter. Ich ging vom Lokal der Gebrüder Woolf, wo zu Weinachten und zum Erntedankfest ein Gratis-Puten-Essen serviert wurde, dem städtischen Krankenhaus zu, das auf einem hohen Hügel stand, von dem man den Rauch, die Gebäude und die Straßen der Stadt überblickte. Im Aufnahmeraum des Krankenhauses saßen die beiden Chirurgen Doc Fischer und Doktor Wilcox, der eine vor einem Schreibtisch, der andere auf einem Stuhl an der Wand.

Doc Fischer war dünn, aschblond, mit einem schmalen Mund, belustigten Augen und Spielerhänden. Doktor Wilcox war stämmig und dunkel und trug ein mit einem Register versehenes Buch, *Der Freund und Ratgeber des jungen Arztes*, bei sich, das, wenn man es über irgendeine Krankheit befragte, die Symptome und die Behandlungsweise angab. Es hatte auch ein Stichwortverzeichnis, so daß es, wenn man bei Symptomen nachschlug, die Diagnose angab. Doc Fischer hatte vorgeschlagen, daß alle künftigen Auflagen mit einem weiteren Stichwortverzeichnis versehen werden sollten, so daß es, wenn man eine Behandlungsweise nachschlug, die Krankheiten und Symptome enthüllen würde. «Als Gedächtnisstütze», sagte er.

Doktor Wilcox war empfindlich, was sein Buch anlangte, aber er konnte nicht ohne es auskommen. Es war in biegsames Leder gebunden und paßte in seine Jackettasche, und er hatte es auf den Rat eines seiner Professoren gekauft, der gesagt hatte: «Wilcox, Sie haben kein Recht, zu praktizieren, und ich habe alles, was in meinen Kräften stand, getan, um zu verhindern, daß man Sie als Arzt zuläßt. Da Sie jetzt ein Mitglied unseres gelehrten Standes sind, rate ich Ihnen im Namen der Menschheit, sich ein Exemplar von *Der Freund und Ratgeber des jungen Arztes* anzuschaffen, und benutzen Sie es, Doktor Wilcox. Lernen Sie es benutzen!»

Doktor Wilcox hatte nichts gesagt, aber er hatte den ledergebundenen Leitfaden noch am selben Tag gekauft.

«Na, Horace», sagte Doc Fischer, als ich in den Aufnahmeraum kam, der nach Zigaretten, Jodoform, Karbol und einem überheizten Heizkörper roch.

«Meine Herren», sagte ich.

«Was gibt's Neues am Rialto?» fragte Doc Fischer. Er trug eine gewisse Extravaganz in seiner Redeweise zur Schau, die ich als höchste Eleganz empfand.

«Die Gratispute bei Woolf», antwortete ich.

«Haben Sie mitgemacht?»

«Aber tüchtig.»

«Viele *confrères* anwesend?»

«Alle. Das ganze Personal.»

«Viel freudebringende Weihnachtsstimmung?»

«Nicht viel.»

«Doktor Wilcox hier hat ein wenig daran teilgehabt», sagte Doc Fischer.

Wilcox blickte ihn an und dann mich. «Wollen Sie was trinken?» fragte er.

«Nein, danke», sagte ich.

«Mir auch recht», sagte Doktor Wilcox.

«Horace», sagte Doc Fischer. «Ich darf doch Horace zu Ihnen sagen?»

«Ja.»

«Mein guter Horace. Wir hatten einen außerordentlich interessanten Fall.»

«Hören Sie mal!» sagte Doktor Wilcox.

«Besinnen Sie sich auf den Jungen, der gestern hier war?»

«Welcher?»

«Der Junge, der nach dem Eunuchenstand trachtete.»

«Ja.» Ich war da gewesen, als er hereinkam. Es war ein Junge von etwa sechzehn Jahren. Er war ohne Hut hereingekommen und war sehr aufgeregt und verängstigt, aber entschlossen. Er hatte krauses Haar und war gut gewachsen und hatte wulstige Lippen.

«Was ist mit dir los, mein Junge?» hatte Doktor Wilcox ihn gefragt.

«Ich möchte kastriert werden», sagte der Junge.

«Warum?»

«Ich habe gebetet, und ich habe alles getan, und nichts hilft.»

«Hilft wozu?»

«Gegen diese schreckliche Wollust.»

«Was für eine schreckliche Wollust?»

«So, wie ich werde. Und ich kann's nicht hindern, daß ich so werde. Ich bete die ganze Nacht deswegen.»

«Was passiert denn tatsächlich?» fragte Doc Fischer.

Der Junge erzählte es ihm. «Hör mal, mein Junge», sagte Doc Fischer. «Dir fehlt gar nichts. Das ist so, wie es sein soll. Dabei ist nichts Unrechtes.»

«Es ist unrecht», sagte der Junge. «Es ist eine Sünde gegen die Reinheit. Es ist eine Sünde gegen unsern Herrn und Heiland.»

«Nein», sagte Doc Fischer. «Es ist etwas ganz Natürliches. Es ist so, wie es sein soll, und später wirst du mal denken, daß du sehr glücklich dran bist.»

«Ach, Sie verstehen mich nicht», sagte der Junge.

«Hör mal», sagte Doc Fischer und erzählte dem Jungen gewisse Dinge.

«Nein, ich will nicht zuhören. Sie können mich nicht zum Zuhören zwingen.»

«Bitte, hör zu», sagte Doc Fischer.

«Du bist einfach ein gottverlassener Narr», sagte Doktor Wilcox zu dem Jungen.

«Dann werden Sie es also nicht tun?» fragte der Junge.

«Was tun?»

«Mich kastrieren.»

«Hör mal», sagte Doc Fischer. «Kein Mensch wird dich kastrieren. Mit deinem Körper ist nichts in Unordnung. Du hast einen Prachtkörper, und du darfst nicht an so was denken. Wenn du religiös bist, vergiß nicht, daß das, worüber du dich beklagst, kein sündhafter Zustand ist, sondern das Werkzeug, um ein Sakrament zu vollziehen.»

«Ich kann nichts dagegen tun, daß es passiert», sagte der Junge. «Ich bete die ganze Nacht, und ich bete am Tag. Es ist eine Sünde, eine ständige Sünde gegen die Reinheit.»

«Ach geh und –» sagte Doktor Wilcox.

«Wenn Sie solche Sachen sagen, höre ich Sie nicht», sagte der Junge mit Würde zu Doktor Wilcox. «Wollen Sie es nicht bitte machen?» fragte er Doc Fischer.

«Nein», sagte Doc Fischer. «Ich hab's dir schon einmal gesagt, mein Junge.»

«Los, raus mit ihm», sagte Doktor Wilcox.

«Ich gehe schon», sagte der Junge. «Fassen Sie mich nicht an. Ich gehe schon.»

Das war ungefähr um fünf Uhr am Tage vorher.

«Und was ist passiert?» fragte ich.

«Etwa um ein Uhr morgens», sagte Doc Fischer, «wurde der Junge eingeliefert. Selbstverstümmelung mit einem Rasiermesser.»

«Kastriert?»

«Nein», sagte Doc Fischer. «Er wußte nicht, was kastrieren bedeutet.»

«Vielleicht wird er sterben», sagte Doktor Wilcox.

«Wieso?»

«Blutverlust.»

«Der gute Arzt hier, Doktor Wilcox, mein Kollege, hatte Dienst, und er fand diesen Spezialfall nicht in seinem Buch verzeichnet.»

«Zum Teufel mit Ihnen! Wie Sie reden», sagte Doktor Wilcox.

«Ich meine es doch nur freundschaftlich, Doktor», sagte Doc Fischer und sah auf seine Hände, auf seine Hände, die ihm mit seiner Bereitschaft gefällig zu sein und seinem mangelnden Respekt vor den Landesgesetzen allerhand Ungelegenheiten eingebrockt hatten. «Unser Freund Horace wird bezeugen, daß ich aufs Freundschaftlichste davon spreche. Es war eine Amputation, die der junge Mann an sich vollzog, Horace.»

«Na, ich wünschte, Sie würden nicht darauf herumreiten», sagte Doktor Wilcox. «Es ist ganz und gar nicht nötig, darauf herumzureiten.»

«Darauf herumzureiten, Doktor, an diesem Tag, ausgerechnet am Jahrestag von unseres Heilands Geburt?»

«*Unseres* Heilands? Sie sind doch Jude», sagte Doktor Wilcox.

«Ja, das bin ich. Ja, das bin ich. Es entfällt immer wieder meinem Gedächtnis. Ich habe dem nie die gebührende Wichtigkeit beigemessen. Zu gütig von Ihnen, mich zu erinnern. *Ihr* Heiland. Da haben Sie recht. *Ihr* Heiland, unzweifelhaft *Ihr* Heiland – und das Reiten am Palmsonntag.»

«Sie sind verdammt smart –» sagte Doktor Wilcox.

«Eine ausgezeichnete Diagnose, Doktor», sagte Doc Fischer. «Ich war immer zu smart. Verdammt zu smart bestimmt da an der Küste. Vermeiden Sie es, Horace. Sie haben nicht viel Anlage dazu, aber manchmal sehe ich einen Anflug. Aber was für eine Diagnose – und ohne Buch.»

«Zur Hölle mit Ihnen», sagte Doktor Wilcox.

«Alles zu seiner Zeit, Doktor», sagte Doc Fischer. «Alles zu seiner Zeit. Falls es einen derartigen Ort geben sollte, werde ich ihn ganz bestimmt aufsuchen. Ich habe sogar bereits einen ganz kurzen Blick hineingeworfen. Nicht viel mehr als hineingeblinzelt eigentlich. Ich habe fast augenblicklich fortgesehen. Und wissen Sie, Horace, was der junge Mann gesagt hat, als unser guter Doktor ihn hereinbrachte? Er hat gesagt: ‹Ach, ich bat Sie doch, es zu tun. Ich habe Sie doch wieder und wieder gebeten, es zu tun.›»

«Und noch dazu am Weihnachtstag», sagte Doktor Wilcox.

«Die Bedeutung dieses besonderen Tages ist nicht von Belang», sagte Doc Fischer.

«Vielleicht nicht für Sie», sagte Doktor Wilcox.

«Haben Sie gehört, Horace?» sagte Doc Fischer. «Haben Sie gehört? Nachdem er meine verwundbare Stelle entdeckt hat, meine Achillesferse sozusagen, wie der Doktor da seine Überlegenheit ausnutzt?»

«Sie sind zu smart, verdammt noch mal», sagte Doktor Wilcox.

«Schön», sagte der Mann, «na und?»

«Nein», sagte das Mädchen. «Ich kann nicht.»

«Du meinst, du willst nicht.»

«Ich kann nicht», sagte das Mädchen. «Ich meine *das* und sonst nichts.»

«Du meinst, du willst nicht.»

«Schön», sagte das Mädchen. «Ganz wie du willst.»

«Gar nicht wie ich will. Himmelherrgott, ich wünschte, es wäre so.»

«Es war lange Zeit so», sagte das Mädchen.

Es war früh, und es war niemand im Café außer dem Mann an der Bar und den beiden, die zusammen an einem Tisch in der Ecke saßen. Es war Ende des Sommers, und sie waren beide gebräunt, so daß sie eigentlich gar nicht nach Paris paßten. Das Mädchen trug ein Tweedkostüm; ihre Haut war von einem glatten Goldbraun; ihr blondes Haar war kurz geschnitten und wuchs wunderschön aus der Stirn weg. Der Mann sah sie an.

«Ich werde sie umbringen», sagte er.

«Bitte nicht», sagte das Mädchen. Sie hatte sehr schöne Hände, und der Mann betrachtete sie. Sie waren schlank und braun und sehr schön.

«Doch. Ich schwöre bei Gott, das werde ich tun.»

«Es wird dich nicht glücklich machen.»

«Mußte es ausgerechnet das sein? Konntest du nicht in irgend etwas anderes hineinschlittern?»

«Anscheinend nicht», sagte das Mädchen, «und wie wirst du dich dazu stellen?»

«Ich habe es dir ja gesagt.»

«Nein, ich meine wirklich.»

«Ich weiß nicht», sagte er. Sie blickte ihn an und streckte ihm die Hand hin. «Armer, lieber Phil», sagte sie. Er sah ihre Hände an, aber er berührte ihre Hand nicht mit seiner.

«Nein, danke», sagte er.

«Und es hilft nichts, wenn ich sage, daß es mir leid tut?»

«Nein.»

«Auch nicht, wenn ich dir sage, wie es ist?»

«Ich möchte es lieber nicht hören.»

«Ich habe dich sehr lieb.»

«Ja, dies ist der Beweis.»

«Es tut mir leid, wenn du es nicht verstehst», sagte sie.

«Ich verstehe es. Das ist das Schlimme. Ich verstehe es.»

«Du verstehst es», sagte sie. «Ja, das macht es schlimmer, natürlich.»

«Gewiß», sagte er und sah sie an. «Ich werde es die ganze Zeit über verstehen. Den ganzen Tag und die ganze Nacht. Besonders nachts. Verstehen werde ich es; darüber brauchst du dir keine Sorgen zu machen.»

«Es tut mir leid», sagte sie.

«Wenn es ein Mann wäre . . .»

«Sag das nicht. Es könnte kein Mann sein. Das weißt du. Hast du denn kein Vertrauen zu mir?»

«Das ist zum Lachen», sagte er. «Vertrauen zu dir! Das ist wirklich zum Lachen.»

«Es tut mir leid», sagte sie. «Anscheinend ist das alles, was ich sagen kann. Aber da wir einander doch verstehen, ist es zwecklos, wenn wir uns vormachen, daß wir es nicht tun.»

«Ja», sagte er. «Wahrscheinlich.»

«Ich komm wieder, wenn du willst.»

«Nein, ich will dich nicht.»

Dann sagten sie beide eine ganze Weile nichts.

«Du glaubst nicht, daß ich dich liebhabe, nicht wahr?» fragte das Mädchen.

«Wir wollen doch keinen Unsinn reden», sagte der Mann.

«Glaubst du wirklich nicht, daß ich dich liebhabe?»

«Warum beweist du's mir nicht?»

«Früher warst du nicht so. Du hast nie von mir verlangt, daß ich etwas beweise. Das ist nicht nett.»

«Du bist ein komisches Mädchen.»

«Du bist gar nicht komisch. Du bist ein feiner Kerl, und es macht mich kreuzunglücklich, loszuziehen und dich zu verlassen.»

«Du mußt aber natürlich.»

«Ja», sagte sie. «Ich muß, und du weißt es.»

Er sagte nichts, und sie sah ihn an und streckte ihm wieder ihre Hand hin. Der Barkellner stand am anderen Ende der Theke. Sein Gesicht war weiß und seine Jacke auch. Er kannte die beiden und fand, daß sie ein gutaussehendes junges Paar waren. Er hatte viele gutaussehende junge Paare auseinandergehen und neue Paare sich finden sehen, die aber lange nicht so gut aussahen. Er dachte nicht daran, sondern an ein Pferd. In einer halben Stunde konnte er über die Straße schicken, um zu hören, ob das Pferd gewonnen hatte.

«Könntest du nicht einfach gut zu mir sein und mich gehen lassen?» fragte das Mädchen.

«Was denkst du denn, daß ich tun werde?»

Zwei Leute kamen zur Tür herein und gingen an die Theke.

«Sie wünschen?» Der Barkellner nahm die Bestellung entgegen.

«Du kannst mir nicht verzeihen, wo du doch darum weißt?» fragte das Mädchen.

«Nein.»

«Du meinst nicht, daß manches, was wir miteinander gehabt und getan haben, einen Unterschied im Verstehen machen sollte?»

«‹Das Laster hat so grauenhaft Gesicht›», sagte der junge Mann bitter, «‹daß ums ta-ta man braucht's zu sehen nicht! Dann erst ta-ta-ta zum Schluß bejahen.›» Er konnte sich nicht an die Worte erinnern. «Ich kann nicht zitieren», sagte er.

«Wir wollen es nicht ‹Laster› nennen. Das ist nicht sehr nett.»

«Perversion», sagte er.

«James», sagte einer der Kunden zum Barkellner. «Sie sehen sehr wohl aus.»

«Sie sehen selbst auch sehr wohl aus», sagte der Barkellner.

«Alter James», sagte der andere Kunde. «James, Sie sind dicker geworden.»

«Es ist schrecklich, wie ich zunehme», sagte der Barkellner.

«Verabsäumen Sie nicht, den Cognac beizumengen, James», sagte der erste Kunde.

«Nein, mein Herr», sagte der Barkellner. «Sie können mir vertrauen.»

Die zwei an der Theke sahen zu den beiden am Tisch hinüber und sahen dann wieder den Barkellner an. Es war die bequemere Blickrichtung.

«Mir wär's lieber, du würdest nicht solche Worte benutzen», sagte das Mädchen. «Es besteht keine Notwendigkeit dafür, solch ein Wort zu benutzen.»

«Wie soll ich's denn sonst nennen?»

«Du brauchst es gar nicht zu nennen. Du brauchst ihm gar keinen Namen zu geben.»

«Das ist aber der Name dafür.»

«Nein», sagte sie. «Wir sind aus allen möglichen Dingen zusammengesetzt. Du wußtest das und hast reichlich oft Gebrauch davon gemacht.»

«Das brauchst du nicht noch einmal zu sagen.»

«Das erklärt es dir nämlich.»

«Gut», sagte er, «also gut.»

«Du meinst schlecht. Ich weiß. Es ist ganz schlecht und verkehrt. Aber ich komm zurück. Ich hab dir gesagt, daß ich zurückkomme. Ich komme sofort wieder zurück.»

«Nein, das wirst du nicht.»

«Ich komme zurück.»

«Nein, das wirst du nicht. Nicht zu mir.»

«Du wirst es sehen.»

«Ja», sagte er. «Das ist das Verteufelte daran. Wahrscheinlich wirst du.»

«Natürlich werde ich.»

«Also dann geh.»

«Wirklich?» Sie konnte es kaum glauben, aber ihre Stimme klang glücklich.

«Geh nur.» Seine Stimme klang ihm fremd. Er betrachtete sie, den Schwung ihres Mundes, die Wölbung ihrer Backenknochen, ihre Augen und die Art, wie ihr Haar an der Stirn und am Rand ihres Ohres und am Nacken anwuchs.

«Wahrhaftig? Ach, du bist zu geliebt», sagte sie. «Du bist so gut zu mir.»

«Und wenn du zurückkommst, erzählst du mir alles.» Seine Stimme klang sehr fremd. Er erkannte sie nicht. Sie sah ihn eine Sekunde an. Er hatte sich zu irgend etwas durchgerungen.

«Du willst also, daß ich gehe?» fragte sie ernsthaft.

«Ja», sagte er ernsthaft. «Sofort.» Seine Stimme war nicht dieselbe wie vorher, und sein Mund war sehr trocken. «Jetzt», sagte er.

Sie stand auf und ging schnell hinaus. Sie sah sich nicht nach ihm um. Er blickte ihr nach, als sie fortging. Er sah anders aus, nachdem er ihr gesagt hatte, daß sie gehen sollte. Er stand vom Tisch auf, nahm die zwei Kassenzettel und ging damit hinüber zur Theke.

«Ich bin ein anderer Mensch, James», sagte er zu dem Barkellner. «Sie sehen in mir einen ganz neuen Menschen.»

«Wie bitte?» sagte James.

«Das Laster ist eine seltsame Sache, James», sagte der gebräunte junge Mann. Er blickte zur Tür hinaus. Er sah sie die Straße entlanggehen. Als er in den Spiegel blickte, sah er, daß er wirklich ganz verändert aussah. Die beiden anderen an der Bar rückten, um ihm Platz zu machen.

«Da haben Sie recht, mein Herr», sagte James.

Die beiden anderen rückten noch ein bißchen, damit er bequem sitzen konnte. Der junge Mann sah sich in dem Spiegel hinter der Theke. «James», sagte er, «ich sagte vorhin, daß ich ein anderer Mensch bin.» Als er in den Spiegel blickte, sah er, daß es stimmte.

«Sie sehen sehr wohl aus, mein Herr», sagte James. «Sie haben sicher einen sehr schönen Sommer gehabt.»

## So, wie du niemals sein wirst

Der Angriff war über das Feld gegangen, war durch Maschinengewehrfeuer von der tiefliegenden Straße und von der Gruppe von Bauernhäusern her aufgehalten worden, begegnete in der Stadt keinem Widerstand und erreichte das Flußufer. Nicholas Adams kam auf seinem Rad die Straße entlang, stieg ab, um es zu schieben, wenn die Oberfläche der Straße zu holprig wurde, und sah an der Lage der Toten, was geschehen war.

Sie lagen einzeln oder in Klumpen mit umgestülpten Taschen im hohen Gras des Feldes und die Straße entlang, und auf ihnen waren Fliegen, und um jede Leiche oder Leichengruppe herum waren die verstreuten Papiere.

Im Gras und Getreide neben der Straße und an einzelnen Stellen auf der Straße lag viel Material verstreut: eine Feldküche – sie war wohl herausgekommen, als alles gutging –, viele von den mit Kalbfell überzogenen Tornistern, Handgranaten, Helme, Gewehre, manchmal mit dem Kolben nach oben, die Bajonette staken in der Erde; sie hatten zum Schluß 'ne ganze Menge gegraben; Handgranaten, Helme, Gewehre, Schanzgerät, Munitionskisten, Leuchtkugelpistolen mit verstreuter Munition, Sanitätsausrüstungen, Gasmasken, leere Gasmaskenbehälter, ein Maschinengewehr auf einer Dreifußlafette, mitten in einem Nest leerer Granathülsen, volle Gurte, die aus den Kisten herausquollen, der Kühlmantel leer und auf die Seite gekippt, der Laufverschluß fehlte, die Mannschaft in ungewöhnlichen Stellungen, und um sie herum im Gras noch mehr von dem typischen Papierkram.

Da lagen katholische Gebetbücher, Gruppenpostkarten, die die Maschinengewehrmannschaft in Reih und Glied und in burschikoser Munterkeit zeigte, wie auf einem Footballbild für ein College-Jahrbuch; jetzt lagen sie verbeult und verquollen im Gras; Propagandapostkarten, die einen Soldaten in österreichischer Uniform zeigten, der auf einem Bett eine Frau nach hinten überbog; die Figuren waren impressionistisch gezeichnet, sehr anziehend dargestellt und hatten nichts mit tatsächlicher Vergewaltigung gemein, wobei der Frau die Röcke über den Kopf gezogen werden, um ihr Geschrei zu ersticken, und wo sich ein Kamerad ihr manchmal auf den Kopf setzte. Es lagen eine Menge dieser aufreizenden Postkarten herum, die offensichtlich gerade, bevor die Offensive begann, ausgegeben worden waren. Jetzt lagen sie gemeinsam mit den schlüpfrigen Postkarten verstreut umher, den kleinen Fotografien von Dorfmädchen vom Dorffotografen, den Gelegenheitsaufnahmen von Kindern und den Briefen, Briefen, Briefen. Um die Toten herum lag immer viel Papier, und die Überbleibsel dieses Angriffs waren keine Ausnahme.

Diese waren frische Tote, und niemand hatte sich mit etwas anderem als mit ihren Taschen abgegeben. Nick fiel die erstaunlich geringe Anzahl unserer eigenen Toten auf, oder die, die er damals noch als unsere eigenen Toten ansah. Auch ihre Mäntel waren geöffnet, und ihre Taschen waren umgestülpt, und sie bezeugten durch ihre Lage die Methode und die Kunstgerechtigkeit des Angriffs. Das heiße Wetter hatte sie alle, ohne Ansehen ihrer Nationalität, aufgetrieben.

Die Stadt war offensichtlich zum Schluß von der tiefliegenden Straße aus verteidigt worden, und es hatte nur wenige oder gar keine Österreicher gegeben, die sich in sie hätten zurückziehen können. Es lagen nur drei Leichen auf der Straße, und sie schienen beim Laufen getötet worden zu sein. Die Häuser der Stadt waren durch das Bombardement zerstört worden, und auf der Straße lag viel Schutt von Gips und Mörtel, und es gab zerbrochene Balken, zerbrochene Ziegel und viele Löcher, manche von ihnen gelbumrandet vom Senfgas. Im Schutt lagen viele Granatsplitter und Schrapnellkugeln verstreut. Es war überhaupt niemand in der Stadt.

Nick Adams hatte, seit er Fornaci verlassen hatte, niemanden gesehen, obschon er, als er auf der Landstraße durch das überreich belaubte Land gefahren war, links von der Straße Kanonen unter Maulbeerbaumblättern versteckt gesehen hatte, die ihm durch die Hitzewellen in der Luft über den Blättern, wo die Sonne aufs Metall prallte, aufgefallen waren. Jetzt setzte er seinen Weg durch die Stadt fort; er war erstaunt, sie verödet zu finden, und kam auf der tiefliegenden Straße unterhalb des Flußufers heraus. Beim Verlassen der Stadt kam man an eine kahle, freie Stelle, wo die Straße sich senkte, und er konnte die geruhsame Fläche des Flusses und die geringe Krümmung des gegenüberliegenden Ufers und den gebleichten, sonnengedörrten Schlamm sehen, wo die Österreicher geschanzt hatten. Alles war viel üppiger und grüner geworden, seit er es zuletzt gesehen hatte, und daß er in die Weltgeschichte eingegangen war, hatte an diesem, dem unteren Flußlauf nichts geändert.

Das Bataillon lag links längs der Böschung. Oben auf der Böschung war eine Reihe von Löchern mit ein paar Männern darin. Nick bemerkte, wo die Maschinengewehre und die Signalraketen in ihren Gestellen postiert waren. Die Männer in den Löchern am Hang der Böschung schliefen. Niemand rief ihn an. Er ging weiter, und als er um eine Kurve der Lehmböschung bog, richtete ein junger Leutnant mit einem Stoppelbart und rotumränderten, sehr blutunterlaufenen Augen seinen Revolver auf ihn.

«Wer sind Sie?»

Nick sagte es ihm.

«Wie soll ich das wissen?»

Nick zeigte ihm den Ausweis mit seiner Fotografie und Identifikation und dem Stempel der III. Armee. Er nahm ihn an sich.

«Ich werde dies behalten.»

«Das werden Sie nicht», sagte Nick. «Geben Sie mir den Ausweis wieder und stecken Sie den Revolver weg. Dorthin. In die Tasche.»

«Woher soll ich wissen, wer Sie sind?»

«Der Ausweis sagt es Ihnen.»

«Und wenn der Ausweis gefälscht ist? Geben Sie her.»

«Machen Sie sich nicht lächerlich», sagte Nick aufgeräumt. «Führen Sie mich zu Ihrem Kompanieführer.»

«Ich sollte Sie ins Bataillonshauptquartier schicken.»

«Schön», sagte Nick. «Sagen Sie, kennen Sie Hauptmann Paravicini, den Langen mit dem kleinen Schnurrbart, der Architekt war und Englisch spricht?»

«Kennen Sie ihn?»

«Flüchtig.»

«Welche Kompanie befehligt er?»

«Die zweite.»

«Er befehligt das Bataillon.»

«Schön», sagte Nick. Er war erleichtert, als er hörte, daß Para nichts passiert war. «Gehen wir zum Bataillon.»

Als Nick die Stadt verlassen hatte, waren drei Schrapnells hoch oben zur Rechten über einem der zerstörten Häuser geplatzt, und seitdem war nicht mehr geschossen worden. Aber das Gesicht dieses Offiziers sah wie das Gesicht eines Mannes bei einem Bombardement aus. Da war dieselbe Gespanntheit, und die Stimme klang nicht natürlich. Sein Revolver machte Nick nervös.

«Stecken Sie ihn weg», sagte er. «Der ganze Fluß ist zwischen denen und Ihnen.»

«Wenn ich dächte, daß Sie ein Spion wären, würde ich Sie jetzt erschießen», sagte der Leutnant.

«Los, kommen Sie», sagte Nick. «Gehen wir zum Bataillon.» Der Offizier da machte ihn sehr nervös.

Hauptmann Paravicini, der stellvertretend als Major fungierte und der dünner und englischer denn je aussah, stand auf, als Nick in dem Unterstand, der als Bataillonshauptquartier diente, hinter dem Tisch salutierte.

«Hallo», sagte er. «Ich habe Sie nicht erkannt. Was machen Sie denn in der Uniform da?»

«Man hat mich da hineingesteckt.»
«Ich freue mich sehr, Sie zu sehen, Nicolo.»
«Gut. Sie sehen wohl aus. Wie war die Vorstellung?»
«Wir haben einen prachtvollen Angriff gemacht. Wahrhaftig, einen prachtvollen Angriff. Ich will es Ihnen zeigen. Sehen Sie her.»
Er zeigte auf die Karte, wie der Angriff verlaufen war.
«Ich komme aus Fornaci», sagte Nick. «Ich konnte sehen, wie es gewesen ist. Es war ausgezeichnet.»
«Es war ganz außergewöhnlich. Ganz außergewöhnlich. Sind Sie dem Regiment zugeteilt?»
«Nein, ich soll umherziehen und die Uniform vorführen.»
«Wie merkwürdig.»
«Wenn sie *eine* amerikanische Uniform sehen, soll sie das davon überzeugen, daß noch mehr kommen werden.»
«Aber woher sollen sie denn wissen, daß es eine amerikanische Uniform ist?»
«Sie müssen es ihnen sagen.»
«Ach so, ich verstehe. Ich werde Ihnen einen Unteroffizier mitgeben, der Sie herumführen kann, und Sie werden eine Tournee durch die Gräben machen.»
«Wie ein Scheißpolitiker», sagte Nick.
«In Zivil wären Sie viel distinguierter. Das wäre wirklich distinguiert.»
«Mit einem steifen Hut», sagte Nick.
«Oder mit einem sehr seidigen Filzhut.»
«Meine Taschen sollten eigentlich mit Zigaretten und Postkarten und solchem Zeugs vollgestopft sein», sagte Nick. «Ich sollte einen Sack voll mit Schokolade haben. Das Ganze sollte ich dann mit ein paar freundlichen Worten und einem Klaps auf die Schultern verteilen. Aber es gab keine Zigaretten und Postkarten und keine Schokolade. Also sagten sie, ich solle mal auf jeden Fall die Runde machen.»
«Ich bin überzeugt, daß Ihr Anblick sehr ermutigend auf die Truppen wirken wird.»
«Bitte nicht», sagte Nick. «Mir ist es sowieso schon gräßlich genug, wie es ist. Im Prinzip hätte ich Ihnen eine Flasche Cognac mitgebracht.»
«Im Prinzip», sagte Para und lächelte zum erstenmal und zeigte dabei seine gelblichen Zähne. «Solch ein wunderbarer Ausdruck. Möchten Sie einen Grappa trinken?»
«Nein, danke sehr», sagte Nick.
«Es ist kein Äther darin.»
«Ich hab den Geschmack immer noch auf der Zunge.» Nick erinnerte sich plötzlich und ganz genau.

«Wissen Sie, daß ich nicht wußte, daß Sie betrunken waren, bis Sie zu sprechen anfingen, als wir in dem Transport zurückfuhren?»

«Ich war stinkbesoffen bei jedem Angriff», sagte Nick.

«Ich kann's nicht», sagte Para. «Ich hab's bei der ersten Vorstellung versucht, der allerersten Vorstellung, und es warf mich bloß völlig um, und dann wurde ich schrecklich durstig.»

«Sie brauchen es nicht.»

«Sie sind viel tapferer bei einem Angriff als ich.»

«Nein», sagte Nick. «Ich weiß, wie ich bin, und ich zieh vor, mich zu besaufen. Ich schäm mich nicht deswegen.»

«Ich hab Sie nie betrunken gesehen.»

«Nein?» sagte Nick. «Niemals? Nicht, als wir damals nachts von Mestre nach Portogrande fuhren, und ich einschlafen wollte und mein Rad als Decke benutzte und es mir bis unters Kinn zog?»

«Das war nicht in der vordersten Linie.»

«Wir wollen nicht darüber reden, wie ich bin», sagte Nick. «Das ist ein Thema, über das ich zuviel weiß, um noch weiter darüber nachdenken zu wollen.»

«Sie können eigentlich eine Weile hierbleiben», sagte Paravicini. «Wenn Sie wollen, können Sie ein Schläfchen machen. Das Bombardement hat hier nicht viel zerstört. Es ist noch zu heiß, um rauszugehen.»

«Es hat wohl keine Eile.»

«Wie geht es Ihnen wirklich?»

«Mir geht's glänzend. Ich bin völlig in Ordnung.»

«Nein, ich meine wirklich.»

«Ich bin wieder in Ordnung. Ich kann noch nicht im Dunkeln schlafen. Das ist alles, was mir fehlt.»

«Ich hab ja gesagt, man hätte es trepanieren müssen. Ich bin kein Arzt, aber soviel weiß ich.»

«Na, sie hielten es für richtiger, daß es absorbiert würde und haben mich dementsprechend behandelt. Was ist denn los? Sie halten mich doch nicht für verrückt, oder doch?»

«Sie sind in glänzender Verfassung.»

«Es ist die reinste Pest, wenn sie einen erst mal für verrückt erklärt haben», sagte Nick. «Kein Mensch traut einem je im Leben wieder.»

«Ich würde ein Schläfchen machen, Nicolo», sagte Paravicini. «Es ist nicht das Bataillonshauptquartier, wie wir's gewohnt waren. Sie sollten jetzt bei der Hitze nicht hinausgehen – es ist töricht. Benutzen Sie die Pritsche da.»

«Ich kann mich ja eben hinlegen», sagte Nick.

Nick lag auf der Pritsche. Er war sehr enttäuscht, daß er sich so fühlte, und vielleicht noch enttäuschter, daß es für Hauptmann Paravicini so offensichtlich war. Dieser Unterstand war nicht so groß wie der, wo die Jungens des 99er Jahrgangs, die gerade an die Front gekommen waren, während der Beschießung vor dem Angriff hysterisch wurden und Para ihm Order gegeben hatte, immer zwei auf einmal draußen auf und ab marschieren zu lassen, damit sie sahen, daß nichts passierte; er selbst trug dabei den Kinnriemen fest über den Mund geschnallt, um nicht mit den Lippen zu zucken. Er wußte, sie konnten ihn nicht halten, falls sie ihn nahmen. Er wußte, es war alles verfluchte Scheiße. – Wenn er nicht mit dem Weinen aufhören kann, schlagen sie ihm die Nase ein, damit er was anderes hat, woran er denken kann. Ich würde einen erschießen, aber jetzt ist es zu spät. Sie würden sich alle nur noch schlimmer aufführen. Schlagen Sie ihm die Nase ein. Man hat es auf 5 Uhr 20 verschoben. Wir haben nur noch vier Minuten. Schlagen Sie dem anderen dämlichen Scheißkerl die Nase ein und treten Sie ihm eins in seinen dämlichen Hintern. Glauben Sie, daß sie angreifen werden? Wenn nicht, erschießen Sie zwei und versuchen Sie, die anderen irgendwie rauszukriegen. Bleiben Sie hinter ihnen, Sergeant. Es hat keinen Sinn, vorauszugehen und zu merken, daß nichts hinter Ihnen herkommt. Löffeln Sie sie raus, so gut es geht. Was für eine Dreckscheiße! Gut. So ist's recht. Dann sah er auf die Uhr und sagte mit jener ruhigen Stimme, jener wirksamen, ruhigen Stimme: «Savoia.» Nick machte es nüchtern; er hatte keine Zeit, sich etwas zu trinken zu holen, und nach dem Einsturz konnte er es ohnehin nicht mehr; das ganze eine Ende war eingestürzt; das veranlaßte sie, loszugehen, nüchtern, die Böschung hinauf, das einzige Mal, wo er es nicht stinkbesoffen gemacht hatte. Und nachdem sie zurückkamen, schien das Seilbahnhaus abgebrannt zu sein, und manche von den Verwundeten kamen vier Tage später herunter, und manche kamen gar nicht herunter, aber wir gingen vor, und wir gingen zurück, und es ging bergab – es ging immer bergab. Und dann war da Gaby Deslys, komischerweise mit Federn an. Du hast mich dein Puppchen genannt vor einem Jahr tralala, wie nett, daß du mich gekannt, nicht wahr? tralala, mit Federn an und ohne; die große Gaby, und ich heiße auch Harry Pilcer; wir pflegten heimlich auf der Straßenseite aus dem Taxi zu steigen, wenn es steil den Berg hinaufging, und er konnte den Berg jede Nacht sehen, wenn er träumte, mit Sacré-Cœur, weiß hingehaucht wie eine Seifenblase. Manchmal war sein Mädchen da, und manchmal war sie mit jemand anderem, und das konnte er nicht verstehen, aber das waren die Nächte, in denen der Fluß soviel breiter und glatter dahinströmte, als er sollte, und außerhalb von Fossalta war ein niedriges, gelbgestrichenes Haus, mit

Weiden darum herum und einem niedrigen Stall, und da war ein Kanal, und er war an die tausendmal da gewesen und hatte es nie gesehen, aber jede Nacht war es da, so deutlich wie der Hügel, nur, daß es ihn ängstigte. Das Haus bedeutete ihm mehr als irgend etwas, und jede Nacht war es da für ihn. Das war, was er brauchte, aber es ängstigte ihn, besonders, wenn das Boot dort ruhig zwischen den Weiden auf dem Kanal lag, aber die Ufer nicht wie die von diesem Fluß aussahen. Alles war tiefer, als es in Portogrande war, wo sie sie durch das überschwemmte Land mit hochgehaltenen Gewehren hatten herankommen sehen, bis sie mit ihnen ins Wasser fielen. Wer hatte das wohl befohlen? Wenn es nicht so verdammt durcheinanderging, konnte er dem allen schon folgen. Deshalb suchte er alles in solchen Einzelheiten wahrzunehmen, um es auseinanderhalten zu können, damit er genau wußte, wo er war, aber plötzlich verwirrte es sich ohne Grund, wie gerade eben, als er auf einer Pritsche im Hauptquartier des Bataillons lag, wo Para ein Bataillon befehligte und er in einer beschissenen amerikanischen Uniform steckte. Er setzte sich auf und blickte sich um; alle beobachteten ihn. Para war hinausgegangen. Er legte sich wieder hin.

Das Stück Paris kam früher, und er ängstigte sich nicht davor, außer wenn sie mit einem anderen losgegangen war, und die Angst, daß man möglicherweise denselben Chauffeur zweimal nehmen könnte. Das war's, was einen daran ängstigte. Niemals etwas von der Front. Er träumte jetzt niemals mehr von der Front, aber was ihn so ängstigte, daß er es nicht loswerden konnte, war das lange gelbe Haus und die abweichende Flußbreite. Jetzt war er wieder hier am Fluß; er war durch denselben Ort gegangen, und da war kein Haus. Auch sah der Fluß nicht so aus. Ja, wo ging er denn dann jede Nacht hin, und was war die Gefahr, und warum wachte er wegen eines Hauses, eines langen Stalls und eines Kanals triefend naß auf und mit viel mehr Angst, als er je bei einem Bombardement gehabt hatte?

Er setzte sich auf, schwang die Beine behutsam hinunter; sie wurden jedesmal steif, wenn sie eine Weile ausgestreckt waren; er erwiderte das Anstarren des Adjutanten, der Telegrafisten und der beiden Melder an der Tür und setzte seinen stoffbezogenen Schützengrabenhelm auf.

«Ich bedauere das Fehlen der Schokolade, der Postkarten und Zigaretten», sagte er. «Ich trage jedoch die Uniform.»

«Der Herr Major kommen sofort zurück», sagte der Adjutant. In jener Armee hat ein Adjutant keinen Offiziersrang.

«Die Uniform ist nicht ganz korrekt», erzählte ihnen Nick, «aber sie gibt Ihnen eine Vorstellung davon. In kurzem werden mehrere Millionen Amerikaner hier sein.»

«Glauben Sie, daß man Amerikaner hierherschicken wird?» fragte der Adjutant.

«Aber bestimmt. Amerikaner, doppelt so groß wie ich, gesund, mit reinem Gemüt, Schlaf bei Nacht, niemals verwundet gewesen, niemals in die Luft gesprengt worden, niemals verschüttet gewesen, niemals Angst gekannt. Trinken nicht, sind den Mädchen treu, die sie zurückließen; viele von ihnen haben niemals Filzläuse gehabt, wunderbare Kerle. Sie werden ja sehen.»

«Sind Sie Italiener?» fragte der Adjutant.

«Nein, Amerikaner. Sehen Sie sich die Uniform an. Spagnolini hat sie gemacht, aber sie ist nicht ganz korrekt.»

«Ein Nord- oder Südamerikaner?»

«Nord», sagte Nick. Er fühlte es jetzt kommen. Er mußte sich zusammennehmen.

«Aber Sie sprechen Italienisch?»

«Warum nicht? Haben Sie etwas dagegen, daß ich Italienisch spreche? Habe ich nicht das Recht, Italienisch zu sprechen?»

«Sie haben italienische Orden.»

«Nur die Bändchen und die Urkunden. Die Orden kommen später. Oder man gibt sie Bekannten zur Aufbewahrung, und die reisen ab, oder man verliert sie mit seinem Gepäck. Man kann sich in Mailand neue kaufen. Die Urkunden allein sind von Wichtigkeit. Sie sollten deswegen nicht neidisch sein. Sie werden auch welche bekommen, wenn Sie lange genug an der Front bleiben.»

«Ich bin Veteran aus dem Eritrea-Feldzug», sagte der Adjutant steif. «Und ich habe in Tripoli gekämpft.»

«Wirklich eine Ehre, Sie kennengelernt zu haben.» Nick streckte ihm die Hand entgegen. «Das müssen kritische Tage gewesen sein. Ich habe Ihre Bändchen bemerkt. Waren Sie zufällig auf dem Karst?»

«Für diesen Krieg bin ich gerade erst einberufen worden. Mein Jahrgang war zu alt.»

«Einmal war ich unter der Altersgrenze», sagte Nick. «Aber jetzt bin ich für dienstuntauglich erklärt worden.»

«Aber wieso sind Sie jetzt hier?»

«Ich führe die amerikanische Uniform vor», sagte Nick. «Halten Sie dies nicht für höchst bedeutsam? Der Kragen ist ein bißchen eng, aber bald werden Sie ungezählte Millionen diese Uniform tragen sehen, die wie Heuschrecken umherschwärmen. Der Grashüpfer, wissen Sie, das, was wir in Amerika Grashüpfer nennen, ist tatsächlich eine Heuschrecke. Der richtige Grashüpfer ist klein und grün und verhältnismäßig schwach. Sie dürfen jedoch keine Verwechslung mit der siebenjährigen Heuschrecke oder Zikade anrichten, die einen eigenartigen tragenden Ton von sich gibt, den ich mir im Augenblick nicht zurückrufen kann. Ich versuche, ihn mir zurückzurufen, aber ich kann's nicht. Ich kann ihn beinahe hören, und dann ist er völlig verschwunden. Sie werden mir verzeihen, wenn ich unsere Unterhaltung abbreche.»

«Sieh zu, ob du den Major finden kannst», sagte der Adjutant zu einem der Melder. «Ich sehe, Sie sind kriegsverletzt», sagte er zu Nick.

«An verschiedenen Stellen», sagte Nick. «Wenn Sie sich für Narben interessieren, kann ich Ihnen ein paar sehr interessante zeigen, aber ich würde lieber über Grashüpfer reden. Was wir nämlich Grashüpfer nennen und was tatsächlich Heuschrecken sind. Diese Insekten haben zu einer Zeit eine sehr wichtige Rolle in meinem Leben gespielt. Es interessiert Sie vielleicht, und Sie können sich, während ich spreche, die Uniform betrachten.»

Der Adjutant machte mit der Hand eine Bewegung, und der zweite Melder ging hinaus.

«Heften Sie Ihre Augen auf die Uniform. Wissen Sie, Spagnolini hat sie gemacht. Sie können sie genausogut auch gleich mitansehen», sagte Nick zu den Telegrafisten. «Ich habe tatsächlich keinen Rang. Wir unterstehen dem amerikanischen Konsul. Es ist völlig in Ordnung; Sie können mich ruhig ansehen. Sie können mich anstarren, wenn Sie wollen. Ich will Ihnen jetzt von der amerikanischen Heuschrecke erzählen. Wir bevorzugten immer eine, die wir die Mittelbraune nannten. Sie hält sich am besten im Wasser, und die Fische bevorzugen sie. Die Größeren, die beim Fliegen ein ähnliches Geräusch machen, wie die Klapperschlange es hervorbringt, wenn sie mit ihren Klappern klappert, ein sehr hölzernes Geräusch, haben buntgefärbte Flügel; manche sind hellrot, andere gelb mit schwarzen Streifen, aber ihre Flügel gehen im Wasser in die Brüche, und sie sind kein guter Köder, während die Mittelbraune ein fetter, kompakter, saftiger Hüpfer ist, den ich empfehlen kann, soweit man überhaupt etwas empfehlen kann, dem Sie, meine Herren, wahrscheinlich niemals begegnen werden. Aber hierauf muß ich bestehen, Sie werden niemals einen für einen ganzen Angeltag ausreichenden Vorrat dieser Insekten bekommen, wenn Sie versuchen, sie mit den Händen zu greifen oder mit einem Schläger nach ihnen schlagen. Das ist purer Unfug und eine nutzlose Zeitverschwendung. Ich wiederhole, meine Herren, daß Sie damit nichts erreichen werden. Das korrekte Verfahren und eines, das allen jungen Offizieren auf einem Kleinkaliberübungskursus beigebracht werden sollte, falls ich irgend etwas darüber zu sagen hätte, und wer weiß, ob ich das nicht einmal haben werde, ist die Benutzung eines Schlagnetzes oder eines Netzes, das aus gewöhnlicher Moskitogaze hergestellt ist. Zwei Offiziere halten die Gazelänge an den entgegengesetzten Enden, oder lassen Sie mich sagen, einer an jedem Ende, bücken sich, halten die untere Extremität des Netzes in den Wind. Die Hüpfer, die mit dem Wind fliegen, fliegen gegen die Länge des Netzes und fangen sich in seinen Falten. Es ist tatsächlich überhaupt kein Kunststück, eine große Anzahl zu fangen, und meiner Meinung nach sollte kein Offizier ohne eine Länge Moskitogaze sein, die für die Improvisierung eines dieser Grashüpferfangnetze geeignet ist. Ich hoffe, ich habe mich verständlich gemacht, meine Herren. Irgendwelche Fragen? Falls in dem Kursus irgend etwas vorkommt, was Sie nicht verstehen, stellen Sie bitte Fragen. Melden Sie sich. Keine? Dann möchte ich mit dieser Bemerkung schließen, mit den Worten jenes großen Soldaten und Gentleman, Sir Henry Wilson: Meine Herren, entweder Sie müssen regieren oder Sie müssen regiert werden. Lassen Sie es mich wiederholen. Meine Herren, dies eine bitte ich Sie zu behalten. Dies eine sollten Sie mit sich nehmen, wenn Sie dieses Zimmer verlassen. Meine Herren, entweder Sie müssen regieren oder Sie müssen regiert werden. Das ist alles, meine Herren. Guten Tag.»

Er nahm seinen stoffbezogenen Helm ab, setzte ihn wieder auf, bückte sich und ging aus dem niedrigen Eingang des Unterstands hinaus. Para kam, von den beiden Meldern begleitet, den Graben längs der tiefliegenden Straße entlang. Es war sehr heiß in der Sonne, und Nick nahm den Helm ab.

«Es sollte ein Verfahren geben, um diese Dinger naß zu halten», sagte er. «Ich werde diesen hier im Fluß naß machen.» Er begann die Böschung hinaufzuklimmen.

«Nicolo!» rief Paravicini. «Nicolo, wo gehen Sie hin?»

«Tatsächlich brauche ich wohl nicht zu gehen.» Nick kam den Abhang herunter und hielt seinen Helm in den Händen. «Sie sind eine Scheißbelästigung, naß sowohl wie trocken. Tragen Sie Ihren die ganze Zeit?»

«Die ganze Zeit», sagte Para. «Ich werde dadurch völlig kahl. Kommen Sie rein.»

Drinnen hieß ihn Para sich hinsetzen.

«Wissen Sie, sie taugen tatsächlich überhaupt nichts», sagte Nick. «Ich erinnere mich, als wir sie zuerst bekamen, gaben sie einem ein gewisses Gefühl von Sicherheit, aber ich habe sie zu oft voll Hirnmasse gesehen.»

«Nicolo», sagte Para, «ich finde, Sie sollten zurückfahren. Ich finde es richtiger, wenn Sie nicht nach vorn kommen, bevor Sie nicht die Vorräte haben. Hier gibt's nichts für Sie zu tun. Selbst wenn Sie mit Sachen, die sich zu verschenken lohnen, die Runde machen, klumpen die Leute zusammen, und dann geht die Schießerei los. Ich erlaube es nicht.»

«Ich weiß, es ist dämlich», sagte Nick. «Es war nicht meine Idee. Ich hörte, daß die Brigade hier sei, darum dachte ich, ich besuche Sie, oder sonst irgendwen, den ich kenne. Ich hätte nach Zenzon oder nach San Dona fahren können. Ich möchte gern nach San Dona fahren, um die Brücke wiederzusehen.»

«Ich erlaube nicht, daß Sie sinnlos herumfahren», sagte Hauptmann Paravicini.

«Schön, schön», sagte Nick. Er fühlte, wie es wiederkam.

«Verstehen Sie?»

«Natürlich», sagte Nick. Er versuchte es zurückzuhalten.

«All derartiges sollte nachts gemacht werden.»

«Natürlich», sagte Nick. Er wußte, daß er es jetzt nicht unterdrücken konnte.

«Nicht wahr, Sie verstehen, ich befehlige das Bataillon», sagte Para.

«Und warum sollten Sie nicht?» sagte Nick. Da kam es. «Sie können doch schreiben und lesen, nicht wahr?»

«Ja», sagte Paravicini leise.

«Der Übelstand ist, daß Sie ein verdammt kleines Bataillon zu befehligen haben. Sobald es wieder seine volle Stärke hat, wird man Ihnen Ihre Kompanie zurückgeben. Warum werden die Toten nicht begraben? Ich habe sie jetzt gesehen. Mir liegt nichts daran, sie noch einmal zu sehen. Man kann sie begraben, jederzeit, was mich anbelangt, und für Sie wäre es viel besser. Ihr werdet alle scheißkrank werden.»

«Wo haben Sie Ihr Rad gelassen?»

«Im letzten Haus.»

«Glauben Sie, daß es da sicher ist?»

«Keine Bange», sagte Nick. «Ich gehe sehr bald.»

«Legen Sie sich ein bißchen hin, Nicolo.»

«Schön.»

Er schloß die Augen, und an Stelle des Mannes mit dem Bart, der ihn, bevor er abdrückte, ganz ruhig über das Visier seines Gewehrs anblickte, das weiße Aufblitzen, den keulenartigen Stoß gegen die Knie, heiß-süßliches Ersticken, er hustete es auf den Felsen, während sie an ihm vorbeikamen, sah er ein langes gelbes Haus mit einem niedrigen Stall und den Fluß, viel breiter als er war und glatter. «Herrgott», sagte er, «ich kann eigentlich gehen.»

Er stand auf.

«Ich gehe, Para», sagte er. «Ich werde jetzt am Nachmittag zurückradeln. Falls irgendwelche Vorräte gekommen sind, bringe ich sie heute abend her. Wenn nicht, komme ich nachts mal, wenn ich was zu bringen habe.»

«Es ist noch zu heiß zum Radeln», sagte Hauptmann Paravicini.

«Sie brauchen sich keine Sorge zu machen», sagte Nick. «Ich bin jetzt wieder eine ganze Zeit lang in Ordnung. Ich hatte gerade einen, aber es war ein leichter. Sie werden viel besser. Ich weiß vorher, wenn ich einen bekomme, weil ich dann soviel rede.»

«Ich gebe Ihnen einen Melder mit.»

«Mir wär's lieber, Sie täten's nicht. Ich kenne den Weg.»

«Kommen Sie bald wieder?»

«Bestimmt.»

«Lassen Sie mich einen Melder . . .»

«Nein», sagte Nick. «Als Vertrauensbeweis.»

«Gut, also *ciao.*»

*«Ciao»*, sagte Nick. Er machte sich auf, den tiefliegenden Weg entlang, zurück dorthin, wo er sein Rad gelassen hatte. Am Nachmittag würde die Straße schattig sein, sobald er erst den Kanal überquert hatte. Jenseits davon waren zu beiden Seiten Bäume, die überhaupt nicht bombardiert worden waren. Auf jener Strecke war es gewesen, wo sie einmal auf dem Marsch an dem Terza-Savoia-Kavallerieregiment, das mit seinen Lanzen durch den Schnee ritt, vorbeigekommen waren. Der Atem der Pferde stand wie lauter Federbüsche in der kalten Luft. Nein, das war irgendwo anders gewesen. Wo war das doch?

«Ich will lieber machen, daß ich zu dem verdammten Rad komme», sagte Nick zu sich. «Ich will nicht den Weg nach Fornaci verfehlen.»

## Die Mutter eines Schwulen

Als sein Vater starb, war er noch ein Junge, und sein Manager beerdigte ihn ‹auf Dauer›, damit er die Grabstelle ewig haben würde. Aber als seine Mutter starb, dachte sein Manager, daß sie vielleicht nicht immer so scharf aufeinander sein würden. Sie waren ein Liebespaar, aber klar ist er schwul; das wußten Sie nicht, natürlich ist er das. Also ließ er sie nur auf fünf Jahre begraben.

Na, als er aus Spanien nach Mexiko zurückkehrte, bekam er die erste Benachrichtigung. Man teilte ihm mit, daß dies die erste Benachrichtigung sei, daß die fünf Jahre um wären, und er möchte doch für den Fortbestand des Grabes seiner Mutter Vorkehrungen treffen. Es waren nur 20 Dollar ‹auf Dauer›. Ich hatte damals die Kasse, und ich sagte: laß mich die Sache erledigen, Paco. Aber er sagte, nein, *er* würde sich darum kümmern. Er würde sich sofort darum kümmern. Es sei seine Mutter, und er wolle es selbst tun.

Dann, nach einer Weile, bekam er die zweite Benachrichtigung. Ich las sie ihm vor und sagte, ich hätte geglaubt, daß er sich darum gekümmert habe. Nein, sagte er, das hätte er nicht getan.

«Laß mich's machen», sagte ich. «Es ist ja doch hier in der Kasse.»

«Nein», sagte er. Niemand habe ihm zu sagen, was er zu tun hätte. Er werde es selbst tun, sobald er dazu käme. «Was hat es denn für einen Sinn, früher als notwendig Geld auszugeben?»

«Schön», sagte ich. «Aber kümmere dich auch wirklich darum.» Damals hatte er einen Kontrakt für sechs Kämpfe, zu je 4000 Pesos, außer seinem Benefizkampf. Er kam auf über 15 000 Dollar allein in der Hauptstadt. Er war einfach geizig, weiter nichts.

Die dritte Benachrichtigung kam nach einer weiteren Woche, und ich las sie ihm vor. Sie besagte, daß das Grab seiner Mutter geöffnet und ihre irdischen Reste auf den öffentlichen Schindanger geworfen würden, falls er die Zahlung nicht bis zum folgenden Sonnabend leiste. Er sagte, er würde sich noch am selbigen Nachmittag, wenn er in die Stadt ginge, darum kümmern.

«Warum läßt du's mich nicht machen?» fragte ich ihn.

«Kümmere dich nicht um meine Sachen», sagte er. «Das ist *meine* Sache, und *ich* erledige das.»

«Na schön, wenn du so darüber denkst», sagte ich. «Kümmer dich allein um deine Sachen.»

Er nahm das Geld aus der Kasse, obschon er damals immer 100 Pesos und mehr mit sich herumtrug, und er sagte, er würde sich darum kümmern. Er ging mit dem Geld weg, und deshalb dachte ich natürlich, daß er es erledigt habe.

Eine Woche später kam die Benachrichtigung, daß man keine

Antwort auf die endgültig letzte Mahnung erhalten und darum die Leiche seiner Mutter auf den Schindanger geworfen hätte, auf den öffentlichen Schindanger.

«Jesus Christus», sagte ich zu ihm, «du hast gesagt, daß du's bezahlen würdest, und du hast Geld aus der Kasse genommen, um es zu erledigen, und was ist jetzt mit deiner Mutter geschehen? Mein Gott, stell dir mal vor – der öffentliche Schindanger und deine leibliche Mutter. Warum hast du's mich nicht erledigen lassen? Ich hätte es geschickt, als die erste Benachrichtigung kam.»

«Das geht dich nichts an», sagte er. «Es ist *meine* Mutter.»

«Es geht *mich* nichts an, jawohl, aber *dich* ging es an. Was für Blut hat wohl ein Mensch, der zuläßt, daß so etwas mit seiner Mutter geschieht? Du verdienst überhaupt nicht, eine Mutter zu haben.»

«Es ist meine Mutter», sagte er. «Jetzt ist sie mir um so teurer. Jetzt brauch ich doch nicht mehr an der einen Stelle, da, wo sie begraben ist, an sie zu denken und traurig sein. Jetzt ist sie überall um mich in der Luft wie die Vögel und die Blumen. Jetzt wird sie immer bei mir sein.»

«Jesus Christus», sagte ich, «was für Blut hast du überhaupt schon groß in dir? Ich will nicht, daß du auch nur mit mir redest.»

«Sie ist überall um mich», sagte er. «Jetzt werde ich nie traurig sein.»

Zu jener Zeit gab er allerhand Geld für Frauen aus, um sich als Mann aufzuspielen und den Leuten was vorzumachen, aber es machte auf Leute, die etwas von ihm wußten, keinen Eindruck. Er schuldete mir über 600 Pesos, und er wollte sie mir nicht zurückzahlen. «Warum willst du sie denn jetzt haben?» pflegte er zu sagen. «Traust du mir nicht? Sind wir nicht Freunde?»

«Es handelt sich nicht darum, ob wir Freunde sind oder ob ich dir traue oder nicht traue. Aber ich habe die Rechnungen, als du weg warst, von meinem eigenen Geld bezahlt, und jetzt brauch ich das Geld, und du hast es ja und *kannst* es mir wiedergeben.»

«Ich hab es nicht.»

«Du hast es», sagte ich. «Es ist ja in der Kasse, und du kannst es zurückzahlen.»

«Ich brauch das Geld für etwas», sagte er. «Du weißt nicht, wofür ich alles Geld brauche.»

«Ich bin die ganze Zeit über hier geblieben, während du in Spanien warst, und du hattest mich bevollmächtigt, all die notwendigen laufenden Ausgaben fürs Haus zu bezahlen, und du hast kein Geld geschickt, während du weg warst, und ich hab über 600 Pesos von meinem eigenen Geld ausgelegt, und jetzt brauch ich sie, und du kannst sie mir zurückzahlen.»

«Ich zahl's dir bald zurück», sagte er. «Gerade im Augenblick brauch ich das Geld nötig.»

«Wofür?»

«Für meine eigenen Angelegenheiten.»

«Warum gibst du mir nicht etwas à conto?»

«Ich kann nicht», sagte er. «Ich brauch das Geld zu nötig. Aber ich bezahl's dir bestimmt.»

Er hatte nur zweimal in Spanien gekämpft; man konnte ihn dort nicht ausstehen; man durchschaute ihn schnell genug, und er hatte sich sieben neue Kampfanzüge machen lassen, und dies ist bezeichnend für ihn: er ließ sie so schlecht einpacken, daß vier davon auf der Rückreise vom Seewasser ruiniert wurden und er sie überhaupt nicht tragen konnte.

«Mein Gott», sagte ich zu ihm, «du fährst nach Spanien. Du bleibst da die ganze Saison über und kämpfst nur zweimal. Du gibst alles Geld, das du mitgenommen hast, für Anzüge aus, und dann läßt du sie vom Seewasser ruinieren, so daß du sie nicht tragen kannst. Das ist deine Art von Saison, und dann erzählst du mir, daß du deine Angelegenheiten selber erledigen wirst. Warum bezahlst du mir nicht das Geld, das du mir schuldest, damit ich abfahren kann?»

«Ich will dich hier haben», sagte er, «und ich werd's dir bezahlen. Aber jetzt brauche ich das Geld.»

«Du brauchst es sogar zu nötig, um für das Grab deiner eigenen Mutter zu bezahlen, damit sie begraben bleiben kann, nicht wahr?» sagte ich.

«Ich bin glücklich über das, was mit meiner Mutter geschehen ist», sagte er. «Das kannst du nicht verstehen.»

«Gott sei Dank nicht», sagte ich. «Du, bezahl mir, was du mir schuldest, oder ich nehme es aus der Kasse.»

«Ich werde die Kasse selber aufbewahren», sagte er.

«Nein, das wirst du nicht», sagte ich.

An demselben Nachmittag kam er mit einem Schwulen zu mir, irgendeinem Kerl aus seinem Heimatort, der pleite war, und sagte: «Hier ist ein *paesano*, der Geld braucht, um nach Hause zu fahren, weil seine Mutter sehr krank ist.» Der Kerl war einfach ein Schwuler, verstehen Sie? Ein Niemand, den er nie vorher gesehen hatte, aber aus seinem Heimatort, und er wollte seinem Landsmann gegenüber den großen, freigebigen Matador spielen.

«Gib ihm 50 Pesos aus der Kasse», sagte er zu mir.

«Du hast mir gerade erzählt, daß du kein Geld hast, um es mir zurückzuzahlen», sagte ich. «Und jetzt willst du dem Schwulen da 50 Pesos geben.»

«Er ist aus meinem Heimatort», sagte er. «Und er ist im Elend.»

«Du Drecksau», sagte ich. Ich gab ihm den Schlüssel zur Kasse. «Nimm's dir selber raus. Ich fahre in die Stadt.»

«Sei nicht böse», sagte er. «Ich werd's dir zurückzahlen.»

Ich holte das Auto heraus, um in die Stadt zu fahren. Es war sein Auto, aber er wußte, daß ich besser fuhr als er. Alles, was er tat, konnte ich besser als er. Er wußte es. Er konnte nicht mal lesen und schreiben. Ich wollte jemand aufsuchen und feststellen, was ich machen konnte, um ihn zum Zahlen zu zwingen. Er kam heraus und sagte: «Ich komme mit dir mit, und ich werde dir das Geld geben. Wir sind gute Freunde. Man braucht sich doch nicht zu zanken.»

Wir fuhren in die Stadt, und ich chauffierte. Gerade bevor wir in die Stadt kamen, zog er 20 Pesos heraus.

«Hier ist das Geld», sagte er.

«Du mutterlose Sau», sagte ich zu ihm, und sagte ihm, was er mit dem Geld machen könne. «Dem Schwulen gibst du fünfzig Pesos, und dann bietest du mir zwanzig an, wo du mir sechshundert schuldest. Ich würde auch nicht einen Penny von dir nehmen. Du weißt, was du damit tun kannst.»

Ich stieg aus dem Auto ohne einen Peso in der Tasche und hatte keine Ahnung, wo ich die Nacht schlafen sollte. Später ging ich mit einem Freund hinaus und holte meine Sachen aus seiner Wohnung. Ich habe nie wieder mit ihm gesprochen, bis zu diesem Jahr. Ich traf ihn eines Abends, als er mit drei Freunden ins Callao-Kino in der Gran Vía in Madrid ging. Er streckte mir die Hand entgegen.

«Hallo, Roger, alter Freund», sagte er zu mir. «Wie geht's dir? Die Leute sagen, du redest schlecht über mich. Daß du alle möglichen unrechten Dinge über mich sagst.»

«Ich sage nur, daß du nie eine Mutter gehabt hast», sagte ich zu ihm. Das ist das Schlimmste, was man auf spanisch sagen kann, um einen Menschen zu beleidigen.

«Das ist wahr», sagte er. «Meine arme Mutter starb, als ich so jung war, daß es den Anschein hat, als ob ich nie eine Mutter gehabt hätte. Es ist sehr traurig.»

Da haben Sie einen Schwulen, wie er im Buch steht. Man kann ihnen nicht beikommen. Nichts, aber auch nichts kann ihnen etwas anhaben. Sie geben Geld für sich aus oder aus Eitelkeit, aber bezahlen tun sie nie. Versuchen Sie mal, einen zum Zahlen zu kriegen. Ich sagte ihm, was ich von ihm hielt, direkt da auf der Gran Vía vor seinen drei Freunden, er aber redet mit mir jetzt, wenn ich ihn treffe, als ob wir Freunde wären. Was für 'ne Sorte Blut macht einen Mann nur so?

## Eine Leserin schreibt

Sie saß am Tisch in ihrem Schlafzimmer mit einer aufgeschlagenen Zeitung vor sich und unterbrach sich nur hin und wieder, um durchs Fenster zu blicken auf den Schnee, der aufs Dach fiel und bereits im Fallen schmolz. Sie schrieb folgenden Brief, schrieb ihn glatt herunter, ohne irgend etwas auszustreichen oder umschreiben zu müssen.

Roanoke, Virginia
6. Februar, 1933

Sehr geehrter Herr Doktor,

darf ich Sie um einen sehr wichtigen Rat bitten – Ich habe einen Entschluß zu fassen und weiß nicht recht, in wen ich am meisten Vertrauen setzen kann, ich wage es nicht, meine Eltern zu fragen – und deshalb komme ich zu Ihnen –, und Ihnen kann ich mich auch nur anvertrauen, weil ich Ihnen nicht ins Gesicht sehen muß. Also dies ist die Situation – 1929 heiratete ich einen Mann in der amerikanischen Armee, und im gleichen Jahr schickte man ihn nach China, nach Shanghai – er blieb dort drei Jahre – und kam heim – er ist vor ein paar Monaten aus der Armee entlassen worden – und fuhr zu seiner Mutter nach Helena, Arkansas. Er schrieb mir, ich möchte nach Hause kommen – ich fuhr hin und merkte, daß er regelmäßig Spritzen bekam, und ich fragte ihn natürlich und erfuhr, daß er für etwas behandelt wird, das, ich weiß nicht, wie man das Wort schreibt, aber es klingt wie «Sifilis». Wissen Sie, was ich meine – sagen Sie mir doch bitte, wird es jemals wieder ungefährlich für mich sein, mit ihm zu leben – Seit seiner Rückkehr aus China habe ich keinen näheren Umgang mit ihm gehabt. Er versichert mir, daß er okay sein wird, wenn sein Arzt ihn als gesund entläßt. – Halten Sie das für richtig – Ich habe oft meinen Vater sagen hören, daß man allen, die einmal ein Opfer dieser Krankheit geworden sind, nur wünschen könne, tot zu sein – ich glaube meinem Vater, aber ich möchte meinem Mann an meisten glauben – Bitte, bitte sagen Sie mir doch, was ich tun soll – ich habe eine Tochter, die geboren wurde, während ihr Vater in China war. –

Mit bestem Dank und voll auf Sie vertrauend bin ich Ihre

und unterschrieb.

Vielleicht kann er mir sagen, was richtig ist, sagte sie zu sich. Vielleicht kann er es mir sagen. Auf dem Bild in der Zeitung sieht er aus, als ob er es wüßte. Er sieht richtig patent aus. Jeden Tag sagt er jemandem, was er tun soll. Er müßte es wissen. Ich möchte das tun, was richtig ist. Es ist aber so eine lange Zeit. Es ist eine lange Zeit. Es ist eine lange Zeit gewesen. Mein Gott, was war das für eine lange Zeit. Er mußte dorthin, wo sie ihn hinschickten; ich weiß, aber ich weiß nicht, warum er sich das holen mußte. Ach, ich wünschte, lieber Gott, daß er es sich nicht geholt hätte. Es ist mir gleich, was er gemacht hat, um es sich zu holen. Aber ich wünschte, lieber Gott, daß er es sich nie geholt hätte. Es scheint, als ob er es sich nicht unbedingt hätte holen müssen. Ich weiß nicht, was ich tun soll – lieber Gott, ich wünschte, er hätte keinerlei Krankheit. Ich weiß nicht, warum er sich eine Krankheit holen mußte.

# Huldigung an die Schweiz

## I. Teil
## Porträt von Mr. Wheeler in Montreux

Drinnen im Bahnhofscafé war es warm und hell. Das Holz der Tische glänzte vom Abwischen, und es gab Körbe mit Brezeln in durchsichtigen Papiertüten. Die Stühle waren geschnitzt, aber die Sitze waren abgenutzt und bequem. Eine geschnitzte, hölzerne Uhr hing an der Wand, und eine Theke war am anderen Ende des Zimmers. Draußen vor dem Fenster schneite es.

Zwei von den Bahnhofsgepäckträgern saßen am Tisch unter der Uhr und tranken jungen Wein. Ein dritter Träger kam herein und sagte, der Simplon–Orient-Express habe in Saint Maurice eine Stunde Verspätung gehabt. Er ging hinaus. Die Kellnerin kam an Mr. Wheelers Tisch. «Der Express hat eine Stunde Verspätung, mein Herr», sagte sie. «Wünschen Sie etwas Kaffee?»

«Wenn Sie glauben, daß er mich nicht wach halten wird.»

«Bitte?» fragte die Kellnerin.

«Bringen Sie mir welchen», sagte Mr. Wheeler.

«Danke, mein Herr.»

Sie brachte den Kaffee aus der Küche, und Mr. Wheeler blickte aus dem Fenster auf den fallenden Schnee im Licht des Bahnsteigs.

«Sprechen Sie außer Englisch noch andere Sprachen?» fragte er die Kellnerin.

«O ja, mein Herr. Ich spreche Deutsch, Französisch und Dialekt.»

«Möchten Sie irgend etwas trinken?»

«O nein, mein Herr. Es ist nicht gestattet, im Café mit der Kundschaft zu trinken.»

«Wie wär's mit einer Zigarette?»

«O nein, mein Herr. Ich rauche nicht, mein Herr.»

«Schon recht», sagte Mr. Wheeler. Er blickte von neuem aus dem Fenster, trank seinen Kaffee und zündete sich eine Zigarette an.

«Fräulein!» rief er.

Die Kellnerin kam heran.

«Was wünschen Sie, mein Herr?»

«Sie», sagte er.

«Sie müssen nicht so mit mir scherzen.»

«Ich scherze nicht.»

«Dann sollten Sie es nicht sagen.»

«Ich habe keine Zeit für eine Diskussion», sagte Mr. Wheeler. «Der Zug kommt in vierzig Minuten. Wenn Sie mit mir hinaufgehen, gebe ich Ihnen 100 Franken.»

«Sie sollten solche Dinge nicht sagen, mein Herr. Ich werde den Gepäckträger bitten, mit Ihnen zu reden.»

«Ich will keinen Gepäckträger», sagte Mr. Wheeler. «Und auch keinen Polizisten, und auch keinen von den Jungen, die Zigaretten verkaufen. Ich will Sie.»

«Wenn Sie so reden, müssen Sie fortgehen. Sie können nicht hierbleiben und so reden.»

«Warum gehen Sie denn nicht weg? Wenn Sie weggehen, kann ich nicht mit Ihnen sprechen.»

Die Kellnerin ging weg. Mr. Wheeler beobachtete, ob sie wohl mit den Trägern sprechen würde. Sie tat es nicht.

«Mademoiselle!» rief er. Die Kellnerin kam herüber. «Bringen Sie mir bitte eine Flasche Sion.»

«Jawohl, mein Herr.»

Mr. Wheeler beobachtete, wie sie hinausging, dann mit dem Wein wieder hereinkam und ihn an den Tisch brachte. Er blickte auf die Uhr.

«Ich gebe Ihnen 200 Franken», sagte er.

«Bitte sagen Sie nicht solche Sachen.»

«200 Franken sind eine Menge Geld.»

«Sie sollten nicht sagen solche Sachen», sagte die Kellnerin. Sie begann ihr Englisch zu vergessen.

Mr. Wheeler sah sie interessiert an.

«200 Franken.»

«Sie sind widerlich.»

«Warum gehen Sie denn nicht weg? Ich kann nicht mit Ihnen reden, wenn Sie nicht hier sind.»

Die Kellnerin verließ den Tisch und ging zur Theke hinüber. Mr. Wheeler trank den Wein und lächelte eine Weile vor sich hin.

«Mademoiselle!» rief er. Die Kellnerin tat so, als ob sie ihn nicht höre. «Mademoiselle!» rief er noch einmal. Die Kellnerin kam heran.

«Wünschen Sie etwas?»

«Und wie. Ich gebe Ihnen 300 Franken.»

«Sie sind widerlich.»

«300 Schweizer Franken.»

Sie ging weg, und Mr. Wheeler sah ihr nach. Ein Gepäckträger öffnete die Tür. Es war der, in dessen Obhut Mr. Wheelers Gepäck war.

«Der Zug kommt, mein Herr», sagte er auf französisch.

Mr. Wheeler stand auf.

«Mademoiselle!» rief er. Die Kellnerin näherte sich dem Tisch. «Wieviel kostet der Wein?»

«7 Franken.»

Mr. Wheeler zählte 8 Franken ab und ließ sie auf dem Tisch liegen. Er zog seinen Mantel an und folgte dem Gepäckträger auf den Bahnsteig, wo der Schnee fiel.

*«Au revoir, Mademoiselle»*, sagte er. Die Kellnerin beobachtete, wie er hinausging. Er ist häßlich, dachte sie, häßlich und widerlich. 300 Franken für etwas, was gar nichts ist. Wie oft habe ich das umsonst getan! Und nirgends, wo man hier hingehen kann. Wenn er Verstand gehabt hätte, würde er gewußt haben, daß es hier kein Zimmer gibt. Keine Zeit und keinen Ort, wo man hingehen konnte. 300 Franken dafür. Was für Leute, diese Amerikaner!

Als er da auf dem Betonbahnsteig neben seinen Reisetaschen stand und die Schienen entlang dem Scheinwerfer des Zugs entgegenblickte, der durch den Schnee herankam, dachte Mr. Wheeler, daß es ein sehr billiges Vergnügen war. Tatsächlich hatte er außer für sein Abendbrot 7 Franken für eine Flasche Wein und einen Franken fürs Trinkgeld ausgegeben. 75 Centimes würde besser gewesen sein. Er würde sich jetzt wohler fühlen, wenn er 75 Centimes Trinkgeld gegeben hätte. Ein Schweizer Franken sind 5 französische Francs. Mr. Wheeler war auf dem Weg nach Paris. Er war sehr sparsam mit Geld und machte sich nichts aus Frauen. Er war schon einmal auf diesem Bahnhof gewesen, und er wußte, daß es oben kein Zimmer gab, wo man hätte hingehen können. Mr. Wheeler überließ nie etwas dem Zufall.

## II. Teil
## Mr. Johnson spricht davon in Vevey

Drinnen im Bahnhofscafé war es warm und hell; die Tische waren blank vom Abwischen, und auf manchen lagen rot- und weißgestreifte Tischtücher, und auf den anderen lagen blau- und weißgestreifte Tischtücher, und auf allen standen Körbe mit Brezeln in durchsichtigen Papiertüten. Die Stühle waren geschnitzt, aber die hölzernen Sitze waren abgenutzt und bequem. An der Wand hing eine Uhr, am anderen Ende des Zimmers war eine Messingtheke, und draußen vor dem Fenster schneite es. Zwei der Bahnhofsgepäckträger saßen am Tisch unter der Uhr und tranken jungen Wein.

Ein dritter Träger kam herein und sagte, der Simplon–Orient-Express habe in Saint Maurice eine Stunde Verspätung gehabt. Die Kellnerin ging hinüber an Mr. Johnsons Tisch.

«Der Express hat eine Stunde Verspätung, mein Herr», sagte sie. «Wünschen Sie etwas Kaffee?»

«Wenn es nicht zuviel Mühe macht.»

«Bitte?» fragte die Kellnerin.

«Ich möchte welchen.»

«Danke, mein Herr.»

Sie brachte den Kaffee aus der Küche, und Mr. Johnson blickte aus dem Fenster auf den fallenden Schnee im Licht des Bahnsteigs.

«Sprechen Sie außer Englisch noch andere Sprachen?» fragte er die Kellnerin.

«O ja, ich spreche Deutsch, Französisch und Dialekt.»

«Möchten Sie irgend etwas trinken?»

«O nein, mein Herr. Es ist nicht gestattet, im Café mit der Kundschaft zu trinken.»

«Zigarre gefällig?»

«O nein», lachte sie. «Ich rauche nicht, mein Herr.»

«Ich auch nicht», sagte Johnson. «Es ist eine schmutzige Angewohnheit.»

Die Kellnerin ging weg, und Johnson zündete sich eine Zigarette an und trank seinen Kaffee. Die Uhr an der Wand zeigte auf Viertel vor zehn. Seine Uhr ging ein bißchen vor. Der Zug sollte um 10 Uhr 30 kommen – eine Stunde Verspätung, das hieß 11 Uhr 30. Johnson rief die Kellnerin.

«Signorina!»

«Was wünschen Sie, mein Herr?»

«Sie möchten nicht ein bißchen mit mir spielen?»

Die Kellnerin errötete.

«Nein, mein Herr.»

«Ich meine nichts Wildes. Sie würden mir wohl nicht Gesellschaft leisten und sich das Nachtleben von Vevey ansehen? Nehmen Sie eine Freundin mit, wenn Sie wollen.»

«Ich muß arbeiten», sagte die Kellnerin. «Ich habe hier meine Pflichten.»

«Ich weiß», sagte Johnson. «Aber können Sie nicht Ersatz beschaffen? Das pflegte man im Bürgerkrieg zu tun.»

«O nein, mein Herr. Ich muß selbst hier sein, in Person.»

«Wo haben Sie Ihr Englisch gelernt?»

«In der Berlitz School, mein Herr.»

«Erzählen Sie mir davon», sagte Johnson. «Waren die Berlitz-Schüler eine wilde Bande? Wie war denn alles, das Geknutsche und Geflirte? Waren eine Menge Schwule darunter? Sind Sie je Scott Fitzgerald begegnet?»

«Bitte?»

«Ich wollte wissen, ob diese Studientage die glücklichsten Tage Ihres Lebens waren? Was für eine Art Mannschaft hatte Berlitz letzten Herbst?»

«Sie scherzen wohl, mein Herr?»

«Nur ein bißchen», sagte Johnson. «Sie sind ein schrecklich gutes Mädchen. Und Sie wollen wirklich nicht mit mir spielen?»

«O nein, mein Herr», sagte die Kellnerin. «Soll ich Ihnen irgend etwas bringen?»

«Ja», sagte Johnson. «Wollen Sie mir die Weinkarte bringen?»

«Jawohl, mein Herr.»

Johnson ging mit der Weinkarte hinüber an den Tisch, wo die drei Gepäckträger saßen. Sie blickten zu ihm auf. Es waren alte Männer.

«Wollen Sie trinken?» fragte er auf deutsch. Einer von ihnen nickte und lächelte.

*«Oui, Monsieur.»*

«Sie sprechen Französisch?»

*«Oui, Monsieur.»*

«Was wollen wir trinken? *Connais-vous des Champagnes?*»

*«Non, Monsieur.»*

*«Fau les connaître»*, sagte Johnson. «Fräulein!» Er rief die Kellnerin. «Wir wollen Champagner trinken.»

«Welchen Champagner bevorzugen der Herr?»

«Den Besten», sagte Johnson. *«Laquelle est le Beste?»* fragte er die Gepäckträger.

*«Le meilleur?»* fragte der Gepäckträger, der zuerst gesprochen hatte.

«Aber gewiß doch.»

Der Träger nahm eine goldumrandete Brille aus seiner Jackentasche und besah sich die Liste. Er glitt mit seinem Finger die vier mit der Maschine geschriebenen Namen und Preise entlang.

«‹Sportsmann›», sagte er. «‹Sportsmann› ist der Beste.»

«Sind Sie einverstanden, meine Herren?» fragte Johnson die anderen Träger. Der eine Träger nickte. Der andere sagte auf französisch: «Ich persönlich kenne ‹Sportsmann› nicht, aber ich habe häufig von ‹Sportsmann› reden hören. Er ist gut.»

«Eine Flasche ‹Sportsmann›», sagte Johnson zu der Kellnerin. Er blickte auf den Preis auf der Weinkarte: 11 Schweizer Franken. «Sagen wir zwei ‹Sportsmann›. Stört es Sie, wenn ich mich zu Ihnen setze?» fragte er den Träger, der ‹Sportsmann› vorgeschlagen hatte.

«Setzen Sie sich nur. Bitte, machen Sie sich's bequem.» Der Träger lächelte ihm zu. Er legte seine Brille zusammen und steckte sie ins Futteral. «Haben der Herr heute Geburtstag?»

«Nein», sagte Johnson. «Es ist keine Fete. Meine Frau hat beschlossen, sich von mir scheiden zu lassen.»

«So», sagte der Träger. «Das will ich nicht hoffen.» Der andere Träger schüttelte den Kopf. Der dritte Träger schien ein wenig taub zu sein.

«Zweifellos ist es eine alltägliche Erfahrung», sagte Johnson, «wie der erste Besuch beim Zahnarzt oder das erste Mal, wenn ein Mädchen unwohl wird, aber es hat mich umgeschmissen.»

«Das ist verständlich», sagte der älteste Träger. «Das kann ich verstehen.»

«Keiner von den Herren ist geschieden?» fragte Johnson. Er hatte aufgehört, die Sprache zu verballhornen, und sprach jetzt ein gutes Französisch, und zwar schon eine ganze Weile.

«Nein», sagte der Träger, der ‹Sportsmann› bestellt hatte. «Es gibt hier nicht viel Scheidungen. Wir haben ein paar Herren, die geschieden sind, aber nicht viele.»

«Bei uns», sagte Johnson, «ist es anders. Fast jeder ist geschieden.»

«Das stimmt», bestätigte der Träger. «Ich habe es in der Zeitung gelesen.»

«Ich persönlich bin ein bißchen im Rückstand», fuhr Johnson fort. «Dies ist das erste Mal, daß ich geschieden werde. Ich bin fünfunddreißig.»

*«Mais vous êtes encore jeune»*, sagte der Träger. Er erklärte den beiden anderen: *«Monsieur n'a que trente-cinq ans.»* Die anderen Träger nickten. «Er ist sehr jung», sagte einer von ihnen.

«Und es ist wirklich das erste Mal, daß Sie sich scheiden lassen?» fragte der Träger.

«Bestimmt», sagte Johnson. «Bitte öffnen Sie den Wein, Mademoiselle.»

«Und ist es sehr teuer?»

«10000 Francs.»

«Schweizer Geld?»

«Nein, französisches Geld.»

«Ach so! 2000 Schweizer Franken. Aber selbst dann ist es nicht billig.»

«Nein.»

«Und warum tut man es?»

«Man wird darum gebeten.»

«Aber warum bittet man darum?»

«Um jemand anderen zu heiraten.»

«Aber das ist doch idiotisch.»

«Ich bin Ihrer Meinung», sagte Johnson.

Die Kellnerin füllte die vier Gläser. Sie erhoben sie alle.

«Prosit», sagte Johnson.

*«À votre santé, monsieur»*, sagte der Träger. Die anderen zwei Träger sagten *«Salut»*. Der Champagner schmeckte wie süßer rosa Apfelwein.

«Ist es ein Übereinkommen in der Schweiz, immer in einer anderen Sprache zu antworten?» fragte Johnson.

«Nein», sagte der Träger. «Französisch ist feiner. Außerdem sind wir hier in der Suisse Romande.»

«Aber Sie sprechen Deutsch?»

«Ja, wo ich herkomme, spricht man Deutsch.»

«Aha», sagte Johnson, «und Sie sagen, Sie haben sich noch nie scheiden lassen?»

«Nein, das kommt zu teuer. Außerdem habe ich nie geheiratet.»

«Aha», sagte Johnson. «Und die anderen beiden Herren?»

«Die sind verheiratet.»

«Sind Sie gern verheiratet?» fragte Johnson einen der Träger.

«Was?»

«Mögen Sie den Ehestand?» –

*«Oui, c'est normal.»*

«Genau das», sagte Johnson. *«Et vous, Monsieur?»*

*«Ça, va»*, sagte der andere Träger.

*«Pour moi»*, sagte Johnson, *«ça ne va pas.»*

«Monsieur wird sich scheiden lassen», erklärte der erste Träger.

«Oh», sagte der zweite Träger.

«Aha», sagte der dritte Träger.

«Na», sagte Johnson, «das Thema scheint erschöpft zu sein. Meine Schwierigkeiten interessieren Sie nicht», wandte er sich an den ersten Träger.

«Aber doch», sagte der Träger.

«Na, reden wir von was anderem.»

«Wie Sie wünschen.»

«Worüber können wir sprechen?»

«Treiben Sie Sport?»

«Nein», sagte Johnson. «Aber meine Frau.»

«Was tun Sie zu Ihrem Vergnügen?»

«Ich bin Schriftsteller.»

«Verdient man damit viel Geld?»

«Nein, aber später, wenn man bekannt ist, ja.»

«Ist es interessant?»

«Nein», sagte Johnson, «es ist nicht interessant. Es tut mir leid, meine Herren, aber ich muß mich verabschieden. Wollen Sie bitte die zweite Flasche trinken?»

«Aber der Zug kommt ja erst in dreiviertel Stunden.»

«Ich weiß», sagte Johnson. Die Kellnerin kam, und er bezahlte für den Wein und sein Abendessen.

«Sie gehen aus, mein Herr?» fragte sie.

«Ja», sagte Johnson, «nur einen kleinen Spaziergang machen. Ich werde mein Gepäck hier lassen.»

Er nahm seinen Schal um, zog den Mantel an und setzte den Hut auf. Draußen fiel dichter Schnee. Er sah zurück durch das Fenster auf die drei Träger, die am Tisch saßen. Die Kellnerin füllte die Gläser mit dem Rest Wein aus der geöffneten Flasche. Sie nahm die ungeöffnete Flasche an die Theke zurück. Das macht für jeden pro Stück drei Franken und etwas, dachte Johnson. Er wandte sich um und ging den Bahnsteig hinunter. Drinnen im Café hatte er gedacht, daß davon reden der Sache die Schärfe nehmen würde, aber es hatte ihr nicht die Schärfe genommen; ihm war davon jetzt nur hundsgemein zumute.

## III. Teil
## Der Sohn eines Vereinsbruders in Territet

Im Bahnhofscafé in Territet war es ein bißchen zu warm; das Licht war hell, und die Tische glänzten vom Polieren. Es gab Körbe mit Brezeln in durchsichtigen Papiertüten auf den Tischen und Pappuntersätze für die Biergläser, damit die feuchten Gläser keine Ringe auf den hölzernen Tischen zurückließen. Die Stühle waren geschnitzt, aber die hölzernen Sitze waren abgenutzt und ganz bequem. Eine Uhr hing an der Wand; eine Theke war am anderen Ende des Raums, und draußen vor dem Fenster schneite es. An einem Tisch unter der Uhr trank ein alter Mann seinen Kaffee und las die Abendzeitung. Ein Gepäckträger kam herein und sagte, der Simplon-Orient-Express habe in Saint Maurice eine Stunde Verspätung gehabt. Die Kellnerin ging hinüber an Mr. Harris' Tisch. Mr. Harris war gerade mit dem Abendessen fertig.

«Der Express hat eine Stunde Verspätung, mein Herr. Soll ich Ihnen Kaffee bringen?»

«Wenn Sie wollen.»

«Bitte?» fragte die Kellnerin.

«Schön», sagte Mr. Harris.

«Danke, mein Herr», sagte die Kellnerin.

Sie brachte den Kaffee aus der Küche, und Mr. Harris tat Zucker hinein, zerstieß die Stücke mit seinem Löffel und blickte aus dem Fenster hinaus auf den fallenden Schnee im Licht des Bahnsteigs.

«Sprechen Sie außer Englisch noch andere Sprachen?» fragte er die Kellnerin.

«O ja, mein Herr, ich spreche Deutsch, Französisch und Dialekt.»

«Welche mögen Sie am liebsten?»

«Sie sind alle ziemlich gleich, mein Herr. Ich kann nicht sagen, daß ich eine lieber hätte als die andere.»

«Möchten Sie gern etwas trinken oder einen Kaffee?»

«O nein, mein Herr, es ist nicht gestattet, im Café mit der Kundschaft zu trinken.»

«Sie möchten wohl keine Zigarre?»

«O nein, mein Herr», lachte sie. «Ich rauche nicht, mein Herr.»

«Ich auch nicht», sagte Harris. «Ich bin nicht der Meinung von David Belasco.»

«Bitte?»

«Belasco. David Belasco. Sie können ihn immer erkennen, weil er seinen Kragen verkehrt herum trägt. Aber ich bin nicht seiner Meinung. Außerdem ist er jetzt tot.»

«Würden Sie mich entschuldigen, mein Herr?» fragte die Kellnerin.

«Selbstverständlich», sagte Harris. Er richtete sich in seinem Stuhl auf und sah zum Fenster hinaus. Der alte Mann am anderen Ende des Raums hatte seine Zeitung zusammengefaltet. Er blickte Mr. Harris an und nahm dann seine Kaffeetasse und die Untertasse und kam herüber an Harris' Tisch.

«Verzeihen Sie, wenn ich störe», sagte er auf englisch, «aber mir fiel gerade ein, daß Sie möglicherweise ein Mitglied der National Geographic Society sind.»

«Bitte setzen Sie sich», sagte Harris. Der Herr setzte sich.

«Wollen Sie nicht noch einen Kaffee oder einen Likör trinken?»

«Danke», sagte der Herr.

«Wollen Sie einen Kirsch mit mir trinken?»

«Vielleicht, aber Sie müssen mein Gast sein.»

«Nein, ich bestehe darauf.» Harris rief die Kellnerin. Der alte Herr nahm aus einer Innentasche seines Mantels eine lederne Brieftasche. Er nahm ein breites Gummiband ab und zog verschiedene Papiere hervor, suchte eines heraus und reichte es Harris.

«Dies ist meine Mitgliedskarte», sagte er. «Kennen Sie Frederick J. Roussel in Amerika?»

«Bedaure, nein.»

«Ich glaube, er spielt eine große Rolle.»
«Wo kommt er her? Wissen Sie, aus welchem Teil der Staaten?»
«Aus Washington natürlich. Ist dort nicht der Hauptsitz der Gesellschaft?»
«Ich glaube ja.»
«Sie glauben? Sind Sie denn nicht sicher?»
«Ich bin eine lange Zeit weggewesen», sagte Harris.
«Sie sind also kein Mitglied?»
«Nein, aber mein Vater. Er ist seit einer langen Reihe von Jahren Mitglied.»
«Dann muß er Frederick J. Roussel kennen. Er ist einer der Vorsitzenden der Gesellschaft. Ich möchte Sie darauf aufmerksam machen, daß Mr. Roussel meine Mitgliedschaft befürwortet hat.»
«Das freut mich sehr.»
«Es tut mir leid, daß Sie kein Mitglied sind. Aber Ihr Vater könnte Sie als Kandidat vorschlagen.»
«Ich glaube wohl», sagte Harris. «Das muß geschehen, sobald ich zurück bin.»
«Dazu würde ich Ihnen raten», sagte der Herr. «Sie lesen die Zeitschrift natürlich?»
«Selbstverständlich.»
«Haben Sie die Nummer mit den farbigen Tafeln der nordamerikanischen Fauna gesehen?»
«Ja, ich habe sie in Paris.»
«Und die Nummer, die das Panorama der Vulkane Alaskas enthält?»
«Die war fabelhaft.»
«Ich mochte auch die Raubtierfotografien von George Shiras III sehr.»
«Die waren verdammt gut.»
«Verzeihung?»
«Sie waren ausgezeichnet. Der Kerl, der Shiras . . .»
«Sie nennen ihn Kerl?»
«Wir sind alte Freunde», sagte Harris.
«Ach, Sie kennen George Shiras III. Er muß sehr interessant sein.»
«Das ist er. Er ist vielleicht der interessanteste Mensch, den ich kenne.»
«Und kennen Sie auch George Shiras II? Ist er auch interessant?»
«Ach, der ist nicht so interessant.»
«Ich hätte gedacht, daß er sehr interessant ist.»
«Wissen Sie, es ist wirklich komisch. Er ist nicht so interessant. Ich habe mir oft überlegt, warum wohl nicht?»

«Hm», sagte der Herr. «Ich hätte gedacht, daß jeder aus der Familie interessant sei.»

«Erinnern Sie sich an das Panorama von der Wüste Sahara?» fragte Harris.

«Die Wüste Sahara? Das ist beinahe fünfzehn Jahre her.»

«Das stimmt. Das mochte mein Vater besonders gern.»

«Zieht er die neueren Nummern nicht vor?»

«Wahrscheinlich tut er das. Aber das Sahara-Panorama war eines von seinen Lieblingen.»

«Es war ausgezeichnet, aber für mich überwog sein künstlerischer Wert bei weitem sein wissenschaftliches Interesse.»

«Das weiß ich nicht», sagte Harris. «Der Wind, der all den Sand aufwirbelte, und der Araber mit seinem Kamel, der Mekka zugewandt kniete.»

«Soweit ich mich erinnere stand der Araber und hielt das Kamel fest.»

«Sie haben ganz recht», sagte Harris. «Ich dachte an Colonel Lawrences Buch.»

«Das Buch von Lawrence handelt, glaube ich, von Arabien?»

«Gewiß», sagte Harris. «Der Araber brachte mich darauf.»

«Er muß ein sehr interessanter junger Mann sein.»

«Ich glaube, das ist er.»

«Wissen Sie, was er jetzt tut?»

«Er ist bei der Royal Air Force.»

«Und warum?»

«Es macht ihm Spaß.»

«Wissen Sie, ob er auch Mitglied der National Geographic Society ist?»

«Wer weiß?»

«Er würde ein sehr gutes Mitglied abgeben. Die Sorte Leute haben sie gern als Mitglieder. Ich würde mich glücklich schätzen, ihn als Kandidaten vorzuschlagen, wenn Sie glauben, daß man ihn gern haben möchte.»

«Das glaube ich bestimmt.»

«Ich habe einen Naturwissenschaftler aus Vevey als Mitglied vorgeschlagen und einen Kollegen von mir in Lausanne, und sie sind beide gewählt worden. Ich glaube, man würde hocherfreut sein, wenn ich Colonel Lawrence als Kandidaten vorschlüge.»

«Es ist eine ausgezeichnete Idee», sagte Harris. «Kommen Sie oft hierher in dieses Café?»

«Ich gehe nach dem Essen zum Kaffee hierher.»

«Sie sind an der Universität?»

«Ich bin nicht mehr im Amt.»

«Ich warte nur auf meinen Zug», sagte Harris. «Ich bin auf dem Weg nach Paris und schiffe mich in Le Havre nach den Staaten ein.»

«Ich bin niemals in Amerika gewesen, aber ich würde sehr gern mal hinfahren. Vielleicht werde ich einmal einer Versammlung der Gesellschaft beiwohnen. Ich würde mich sehr freuen, Ihren Vater kennenzulernen.»

«Ich bin überzeugt, er hätte Sie gerne kennengelernt, aber er ist im vergangenen Jahr gestorben. Hat sich erschossen, merkwürdigerweise.»

«Das tut mir wirklich aufrichtig leid. Bestimmt war sein Tod sowohl für die Wissenschaft wie für seine Familie ein schwerer Schlag.»

«Die Wissenschaft hat es mit viel Haltung getragen. Hier ist meine Karte», sagte Harris. «Seine Initialen waren E. J. statt E. D. Ich weiß, er hätte gern Ihre Bekanntschaft gemacht.»

«Es wäre mir ein großes Vergnügen gewesen.» Der Herr nahm eine Karte aus seiner Brieftasche und gab sie Harris. Sie lautete:

Dr. Sigismund Wyer, Ph. D.
Mitglied der National Geographic Society,
Washington, D. C., USA

«Ich werde sie sehr sorgfältig aufheben», sagte Harris.

# Ein Tag Warten

Er kam ins Zimmer, um die Fenster zu schließen, während wir noch im Bett lagen, und ich fand, daß er krank aussah. Er fröstelte; sein Gesicht war weiß, und er ging langsam, als ob jede Bewegung weh täte.

«Was ist los, Schatz?»

«Ich habe Kopfschmerzen.»

«Dann geh lieber wieder ins Bett.»

«Nein, ich bin ganz in Ordnung.»

«Du gehst ins Bett. Ich komme zu dir, sobald ich angezogen bin.»

Aber als ich herunterkam, war er angezogen und saß am Feuer und sah wie ein kranker, jämmerlicher, neunjähriger Junge aus. Als ich ihm die Hand auf die Stirn legte, wußte ich, daß er Fieber hatte.

«Du gehst rauf ins Bett», sagte ich. «Du bist krank.»

«Ich bin ganz in Ordnung», sagte er.

Als der Doktor kam, nahm er die Temperatur des Jungen.

«Wieviel hat er?» fragte ich ihn.

«Hundertundzwei.»

Unten ließ der Doktor drei verschiedene Medikamente in verschiedenfarbigen Kapseln zurück, mit Anweisungen, wie sie zu nehmen waren. Das eine sollte das Fieber herunterbringen, das zweite war ein Abführmittel, und das dritte war gegen Übersäure im Magen. Die Grippebazillen konnen nur bei Übersäure existieren, hatte er erklärt. Er schien alles über Grippe zu wissen und sagte, es wäre nicht weiter besorgniserregend, falls die Temperatur nicht auf hundertundvier steige. Es herrsche eine leichte Grippeepidemie, und es bestände keinerlei Gefahr, wenn keine Lungenentzündung hinzukäme.

Als ich wieder ins Zimmer kam, schrieb ich die Temperatur des Jungen auf und notierte, wann man ihm die verschiedenen Medikamente geben sollte.

«Möchtest du, daß ich dir vorlese?»

«Schön. Wenn du willst», sagte der Junge. Sein Gesicht war sehr weiß, und er hatte dunkle Schatten unter den Augen. Er lag reglos im Bett und schien gleichgültig gegen alles, was vorging.

Ich las ihm aus Howard Pyles *Piratenbuch* vor, aber ich sah, daß er nicht bei der Sache war.

«Wie fühlst du dich, Schatz?» fragte ich ihn.

«Genau wie vorhin, bis jetzt», sagte er.

Ich saß am Fußende des Bettes und las für mich, während ich darauf wartete, daß es Zeit war, ihm wieder ein Pulver zu geben. Normalerweise hätte er einschlafen müssen, aber als ich aufblickte,

blickte er das Fußende des Bettes an und hatte einen seltsamen Ausdruck im Gesicht.

«Warum versuchst du nicht einzuschlafen? Ich werde dich wekken, wenn es Zeit für die Medizin ist.»

«Ich möchte lieber wach bleiben.»

Nach einer Weile sagte er zu mir: «Papa, du brauchst nicht hier bei mir zu bleiben, wenn es dir unangenehm ist.»

«Es ist mir nicht unangenehm.»

«Nein, ich meine, du brauchst nicht zu bleiben, wenn es dir unangenehm wird.»

Ich dachte, daß er vielleicht ein bißchen wirr sei, und nachdem ich ihm um elf das verschriebene Pulver gegeben hatte, ging ich eine Weile aus.

Es war ein klarer, kalter Tag. Den Boden bedeckte eine Graupelschicht, die gefroren war, so daß es aussah, als ob all die kahlen Bäume, die Büsche, das Reisig und all das Gras und der kahle Boden mit Eis glasiert seien. Ich nahm den jungen irischen Hühnerhund zu einem kleinen Spaziergang mit, die Landstraße hinauf und dann einen zugefrorenen Bach entlang, aber es war schwierig, auf der glasigen Oberfläche zu stehen oder zu gehen, und der rotbraune Hund rutschte aus und schlitterte, und ich fiel zweimal heftig hin, und das eine Mal ließ ich meine Flinte dabei fallen, die ein ganzes Stück über das Eis wegglitt.

Wir jagten ein Volk Wachteln, unter einem hohen Lehmdamm mit überhängendem Gestrüpp auf, und ich tötete zwei, als sie über den Damm hinweg außer Sicht gingen. Einige stießen in die Bäume nieder, aber die meisten schwärmten in die Reisighaufen, und man mußte mehrmals auf den eisüberzogenen Reisighügeln hin- und herspringen, bis sie hochgingen. Es war schwierig, sie zu treffen, als sie aufflogen, während man unsicher auf dem eisglatten, federnden Reisig stand, und ich tötete zwei und verfehlte fünf und machte mich auf den Heimweg, vergnügt, weil ich so dicht von zu Hause ein Wachtelvolk aufgetrieben hatte, und froh, daß für einen anderen Tag noch so viele übrig waren.

Zu Hause sagte man mir, daß der Junge keinem erlaubt habe, in sein Zimmer zu kommen.

«Du kannst nicht reinkommen», hatte er gesagt. «Du darfst das nicht bekommen, was ich habe.»

Ich ging zu ihm hinauf und fand ihn in genau derselben Lage, wie ich ihn verlassen hatte, weiß-gesichtig, aber mit roten Fieberflecken auf den Backen. Er starrte immer noch, wie er vorher gestarrt hatte, auf das Fußende des Bettes. Ich nahm seine Temperatur.

«Wieviel habe ich?»

«Ungefähr hundert», sagte ich. Es waren hundertundzwei und vier Zehntel.

«Es waren hundertundzwei», sagte er.

«Wer hat das gesagt?»

«Der Doktor.»

«Deine Temperatur ist ganz in Ordnung», sagte ich. «Kein Grund, sich aufzuregen.»

«Ich rege mich nicht auf», sagte er, «aber ich muß immer denken.»

«Nicht denken», sagte ich. «Nimm's doch nicht so tragisch.»

«Ich nehme es nicht tragisch», sagte er und sah starr vor sich hin. Er nahm sich offensichtlich wegen irgend etwas schrecklich zusammen.

«Schluck dies mit etwas Wasser.»

«Glaubst du, daß es helfen wird?»

«Natürlich wird es.»

Ich setzte mich hin und schlug das *Piratenbuch* auf und begann zu lesen, aber ich konnte sehen, daß er nicht folgte, darum hörte ich auf.

«Um wieviel Uhr, glaubst du, daß ich sterben werde?» fragte er.

«Was?»

«Wie lange dauert es noch ungefähr, bis ich sterbe?»

«Aber du stirbst doch nicht. Was ist denn los mit dir?»

«Doch, ich werde. Ich habe gehört, wie er hundertundzwei gesagt hat.»

«Aber man stirbt doch nicht bei einer Temperatur von hundertundzwei. Es ist albern, so zu reden.»

«Ich weiß aber, daß es so ist. In der Schule in Frankreich haben mir die Jungen erzählt, daß man mit vierundvierzig Grad nicht leben kann. Ich habe hundertundzwei.»

Er hatte den ganzen Tag auf seinen Tod gewartet, die ganze Zeit über, seit neun Uhr morgens.

«Mein armer Schatz», sagte ich. «Mein armer alter Schatz. Es ist wie mit Meilen und Kilometern. Du wirst nicht sterben. Es ist ein anderes Thermometer. Auf *dem* Thermometer ist siebenunddreißig normal. Auf dieser Sorte achtundneunzig.»

«Bist du sicher?»

«Völlig», sagte ich. «Es ist wie mit Meilen und Kilometern. Weißt du, so wie: wieviel Kilometer machen wir, wenn wir siebzig Meilen im Auto fahren?»

«Ach», sagte er.

Aber die Starre schwand langsam aus seinem auf das Fußende seines Bettes gerichteten Blick; auch seine Verkrampftheit ließ schließlich nach und war am nächsten Tag fast ganz weg, und er weinte wegen Kleinigkeiten los, die ganz unwichtig waren.

# Eine Naturgeschichte der Toten

Ich fand immer, daß der Krieg als Feld für die Beobachtungen des Naturforschers völlig ignoriert worden ist. Wir haben von dem verstorbenen W. H. Hudson bezaubernde und zuverlässige Berichte über die Flora und Fauna Patagoniens; Ehrwürden Gilbert White hat äußerst interessant über den Hoopoe, bei dessen gelegentlichen und durchaus ungewöhnlichen Besuchen auf Selborne, berichtet, und Bischof Stanley hat uns eine wertvolle, wenngleich populäre *Allgemeine Geschichte der Vögel* beschert. Können wir nicht hoffen, dem Leser ein paar sachliche und interessante Fakten über die Toten zu liefern? Ich hoffe es.

Als Mungo Park, jener rastlose Reisende, einst auf seiner Wanderung nackt und allein in der unermeßlichen Wildnis einer afrikanischen Wüste kraftlos zusammensank und seine Tage als gezählt ansah und nichts für ihn zu tun übrig schien, als sich niederzulegen und zu sterben, fiel ihm eine kleine Moosblume von außerordentlicher Schönheit ins Auge. «Obschon die ganze Pflanze», sagt er, «nicht größer als einer meiner Finger war, konnte ich die zarte Bildung ihrer Wurzeln, Blätter und Kapseln nicht ohne Bewunderung betrachten. Kann das *Wesen*, das in diesem dunklen Erdteil ein Ding wachsen, gedeihen und zur Vollkommenheit gelangen läßt, das von so geringer Bedeutung scheint, ohne Mitgefühl auf die Lage und das Leiden von Kreaturen hinabblicken, die nach Seinem Bilde geschaffen sind? Gewiß nicht. Überlegungen wie diese erlaubten mir nicht, zu verzweifeln. Ich machte mich auf, weder Hunger noch Müdigkeit achtend, setzte meine Reise fort, überzeugt, daß Hilfe nahe war, und ich ward nicht enttäuscht.»

Kann – wie Bischof Stanley sagt – bei einer gleichartigen Veranlagung, zu bewundern und anzubeten, irgendein Zweig der Naturwissenschaften studiert werden, ohne Glauben, Liebe, Hoffnung, diese drei, zu mehren, deren auch wir, ein jeder von uns auf unserer Wanderung durch die Wildnis des Lebens bedürfen? Lasset uns deshalb sehen, was wir den Toten an Inspiration abgewinnen können.

Im Krieg sind die Toten gewöhnlich männliche Vertreter der Spezies Mensch; bei den Tieren ist dies nicht der Fall, und ich habe unter den Pferden häufig tote Stuten gesehen. Ein interessanter Aspekt des Krieges ist auch der, daß nur hier der Naturforscher Gelegenheit hat, die Toten der Maultiere wahrzunehmen. Ich habe niemals während meiner zwanzigjährigen Beobachtungen im Zivilleben ein totes Maultier gesehen und begann Zweifel zu hegen, ob jene Tiere wirklich sterblich seien. Bei seltenen Anlässen hatte ich etwas gesehen, was ich für ein totes Maultier hielt, aber beim Näherkommen hatte es sich immer als eine lebendige Kreatur erwiesen, die durch ihre absolute Ruhe tot zu sein schien. Im Krieg aber erliegen diese Tiere in ziemlich der gleichen Art wie das gemeinere und weniger zähe Pferd.

Die meisten toten Maultiere sah ich auf den Bergstraßen oder sie lagen am Fuß von steilen Abhängen, die man sie hinabgestoßen hatte, um die Straßen von dem von ihnen verursachten Hindernis zu befreien. In den Bergen, wo man ihre Gegenwart gewohnt war, schienen sie gar kein so unpassender Anblick zu sein, und sie sahen dort weniger fehl am Platze aus als später in Smyrna, wo die Griechen all ihren Lasttieren die Beine brachen und sie vom Quai hinunter ins flache Wasser stießen, um sie zu ertränken. Die Unmengen verstümmelter Maultiere und Pferde, die in dem flachen Wasser ertranken, schrien nach einem Goya, um sie darzustellen, obgleich man, wörtlich genommen, kaum sagen kann, daß sie nach einem Goya schrien, da es ja nur einen längst verstorbenen Goya gegeben hat und es äußerst zweifelhaft ist, ob diese Tiere, falls sie dazu fähig gewesen wären, nach einer bildlichen Darstellung ihrer Notlage geschrien hätten; es ist wahrscheinlicher, daß sie, wenn sie mit Sprache begabt gewesen wären, nach jemandem geschrien hätten, um ihre Lage zu lindern.

Was das Geschlecht der Toten betrifft, ist es eine Tatsache, daß man sich so an den Anblick gewöhnt, daß alle Toten Männer sind, daß der Anblick einer toten Frau entsetzenerregend ist. Zum erstenmal sah ich die Umkehrung des üblichen Geschlechts der Toten nach der Explosion einer Munitionsfabrik, die auf dem Land in der Nähe von Mailand gelegen war. Wir fuhren zu dem Schauplatz der Katastrophe in Lastwagen auf pappelbeschatteten Landstraßen, die von Straßengräben eingefaßt waren, die viel winziges Tierleben bargen, das ich aber wegen der großen Staubwolken, welche die Lastwagen aufwirbelten, nicht genau beobachten konnte. Als wir dorthin kamen, wo die Munitionsfabrik gewesen war, wurden ein paar von uns eingesetzt, die großen Vorräte an Munition zu überwachen, die aus irgendeinem Grunde nicht explodiert waren, während andere eingesetzt wurden, ein Feuer zu löschen, das auf das Gras eines anstoßenden Feldes übergegriffen hatte. Nachdem dieser Auftrag ausgeführt war, bekamen wir den Befehl, die nächste Nachbarschaft und die umliegenden Felder nach Leichen abzusuchen. Wir fanden und trugen eine ganze Anzahl von diesen in eine improvisierte Totenkammer, und ich muß offen gestehen, es war ein Schock, zu entdecken, daß diese Toten Frauen und nicht Männer waren. In jenen Tagen hatten die Frauen noch nicht begonnen, ihr Haar kurz zu tragen, wie sie es später einige Jahre hindurch in Europa und in Amerika taten, und das Befremdlichste, weil vielleicht Ungewohnteste, war das Vorhandensein, ja und sogar noch befremdlicher, das gelegentliche Fehlen dieses langen Haares. Ich erinnere mich, daß wir, nachdem wir sehr gründlich nach den kompletten Toten gesucht hatten, Fragmente einsammelten. Viele von diesen mußten von einem schweren Stacheldrahtzaun, der einst das Fabrikgebäude umgeben hatte, abgelöst werden, und auch von seinen noch stehengebliebenen Teilen klaubten wir viele dieser Stücke ab, die nur zu gut die ungeheure Wirksamkeit der Sprengstoffe veranschaulichten. Viele Fragmente fanden wir in beträchtlicher Entfernung auf den Feldern; sie waren durch ihr eigenes Gewicht weitergetragen worden. Ich erinnere mich, daß ein und der andere von uns auf der Rückfahrt nach Mailand über das Ereignis sprach und daß man sich einig war, daß das Gefühl von Unwirklichkeit und die Tatsache, daß es keine Verwundeten gab, viel dazu beigetragen hatte, der Katastrophe etwas von dem Grauen zu nehmen, das viel größer hätte sein können. Auch die Tatsache, daß es erst eben geschehen war und daß es demzufolge denkbar wenig unangenehm war, die Toten zu tragen und sich mit ihnen zu befassen, hob es völlig aus den üblichen Schlachtfelderfahrungen heraus. Die angenehme, wenngleich staubige Fahrt durch die wundervolle lombardische Landschaft war ebenfalls ein Ausgleich für das Unerfreuliche unserer Dienstobliegenheit, und auf der Rückfahrt waren wir uns, während wir unsere Eindrücke austauschten, einig, daß es tatsächlich ein Glück gewesen war, daß wir des Feuers, das gerade, bevor wir kamen, ausgebrochen war, so schnell Herr geworden waren, bevor es irgendeins der anscheinend riesigen, nichtexplodierten Munitionslager erreicht hatte. Wir waren uns auch alle einig, daß das Aufsammeln der Fragmente eine außergewöhnliche Sache gewesen sei, war es doch erstaunlich, daß der menschliche Körper in Stücke gesprengt wurde, die nicht nach der anatomischen Struktur auseinanderplatzten, sondern sich eher so willkürlich teilten wie eine Explosivgranate beim Bersten.

Ein Naturforscher darf sich wohl, um Genauigkeit der Beobachtung zu erzielen, bei seinen Beobachtungen auf einen begrenzten Zeitraum beschränken, und ich will mich zuerst mit jenem befassen, der auf die österreichische Juni-Offensive 1918 in Italien folgte, als einem, in dem die Toten in allergrößter Zahl vorhanden waren, da ein Rückzug erzwungen und später ein Angriff gemacht worden war, um den verlorenen Boden zurückzugewinnen, so daß die Stellungen nach der Schlacht genau dieselben waren wie vorher, bis auf das Vorhandensein der Toten. Ehe die Toten begraben sind, verändern sie irgendwie jeden Tag ihr Aussehen. Bei den kaukasischen Rassen verändert sich die Farbe von weiß über gelb, gelbgrün zu schwarz. Lange genug in der Hitze gelassen, beginnt das Fleisch Holzteer zu ähneln, besonders dort, wo es aufgerissen oder zerfetzt ist, und es schillert auch ganz deutlich wie Teer. Die Toten schwellen jeden Tag mehr an, bis sie manchmal viel zu groß für ihre Uniformen sind und diese ausfüllen, bis sie so stramm sind, daß sie fast zu bersten scheinen. Die einzelnen Glieder können in unglaublichem Maß an Umfang zunehmen, und Gesichter können sich so prall und kugelförmig wie Ballons füllen. Das Überraschendste außer der fortschreitenden Korpulenz ist die Unmasse von Papier, die um die Toten verstreut ist. Ihre letzte Lage, bevor man an ein Begräbnis denken kann, richtet sich nach der Anbringung der Uniformtaschen. Bei der österreichischen Armee waren diese Taschen hinten in den Hosen, und die Toten lagen demzufolge nach kurzer Zeit alle auf dem Bauch, beide Hüfttaschen umgestülpt und um sie herum im Gras verstreut alle jene Papiere, die die Taschen enthalten hatten. Die Hitze, die Fliegen, die kennzeichnenden Stellungen der Leichen im Gras und die Menge von verstreutem Papier sind die Eindrücke, die einem bleiben. Den Geruch eines Schlachtfeldes bei heißem Wetter kann man sich nicht zurückrufen. Man kann sich erinnern, daß es solchen Geruch gegeben hat, aber nichts begegnet einem je, das ihn zurückbringt. Er ist unähnlich dem Geruch eines Regiments, der einem plötzlich entgegenschlagen kann, wenn man in der Straßenbahn fährt, und man wird aufblicken und den Mann sehen, der ihn einem zugetragen hat. Aber das andere ist so völlig weg, wie wenn man verliebt gewesen ist; man besinnt sich auf Dinge, die geschehen sind, aber was man empfunden hat, kann man nicht zurückrufen.

Was wohl Mungo Park, jener rastlose Reisende, auf einem Schlachtfeld bei heißem Wetter gesehen hätte, um seine Zuversicht wiederherzustellen? Ende Juni und den Juli über gab es immer Mohnblumen zwischen dem Getreide, und die Maulbeerbäume waren dicht belaubt, und man konnte die Hitzewellen von den Kanonenrohren aufsteigen sehen, wo die Sonne durch die Laubabdeckung auf sie prallte; die Erde war am Rand von Löchern, wo Senfgasgranaten gefallen waren, von leuchtendem Gelb, und ein normal zertrümmertes Haus sieht besser aus als eines, das niemals beschossen worden ist, aber wenige Reisende würden wohl einen vollen Atemzug jener Frühsommerluft einziehen und ähnliche Gedanken hegen wie Mungo Park über jene, die nach Seinem Bilde geschaffen sind.

Das erste, was einem an den Toten auffiel, war, daß sie wie Tiere starben, wenn sie schlimm genug getroffen waren. Manche schnell an einer kleinen Wunde, von der man nicht denken würde, daß sie ein Kaninchen töten könne. Sie starben an kleinen Wunden, wie Kaninchen manchmal von drei oder vier Schrotkörnern sterben, die kaum die Haut zu durchlöchern scheinen. Andere starben wie Katzen; mit zertrümmertem Schädel und Eisen im Hirn liegen sie zwei Tage lang lebendig da wie Katzen, die mit einer Kugel im Hirn in den Kohlenkasten kriechen und nicht eher sterben, als bis man ihnen den Kopf abschneidet. Möglicherweise sterben Katzen auch dann nicht; da sie ja bekanntlich neun Leben haben, aber die meisten Menschen sterben wie Tiere und nicht wie Menschen. Ich hatte niemals einen sogenannten natürlichen Tod gesehen, und ich gab dem Krieg die Schuld daran und wußte wie Mungo Park, jener rastlose Reisende, daß es etwas anderes gab, dies gewisse Etwas, dies immer fehlende Etwas, und dann sah ich einen.

Der einzige natürliche Tod, den ich je gesehen habe, bis auf den durch Blutverlust, der nicht schlimm ist, war der Tod durch Spanische Grippe. Dabei ertrinkt man im Schleim und erstickt, und daß der Patient tot ist, merkt man daran, daß er zum Schluß wieder zu einem kleinen Kind wird, jedoch mit seiner männlichen Stärke, und die Laken genauso wie irgendeine Windel vollfüllt mit einem unermeßlichen, endgültigen gelben Erguß, der noch rinnt und weitertröpfelt, nachdem der Kranke bereits hinüber ist. Jetzt möchte ich darum den Tod irgendeines sich selbst als Humanisten[1] bezeichnenden Menschen sehen, weil ein rastloser Reisender wie Mungo Park oder ich fortleben werden und möglicherweise noch den natürlichen Tod von Mitgliedern dieser literarischen Sekte erleben und ihre erhabenen Abgänge beobachten werden. Bei meinem Sinnieren als Naturforscher ist mir aufgefallen, daß, wenn auch Schicklichkeit eine ausgezeichnete Sache ist, manche sich unschicklich benehmen müssen, falls die Rasse sich fortsetzen soll, da die für die Zeugung vorgeschriebene Stellung unschicklich ist, höchst unschicklich, und mir kam der Gedanke, daß diese Leute vielleicht dies sind oder waren: Kinder einer höchst schicklichen Beiwohnung. Aber ungeachtet dessen, wie sie begannen, hoffe ich das Ende von einigen zu sehen und Betrachtungen darüber anzustellen, wie Würmer sich an jener langbewahrten Sterilität versuchen werden. «Ihr Schreiben wird zugrunde gehn und ihre Geilheit bleibt (als Fußnote) stehn.»

1 Der Leser wird wegen der Erwähnung einer vergangenen Zeiterscheinung um Nachsicht gebeten. Die Anspielung, wie alle Anspielungen auf irgendwelche Moden, datiert die Geschichte, aber sie ist wegen ihres gelinden historischen Interesses beibehalten und auch, weil ihr Fortfall den Rhythmus stören würde.

Während es vielleicht in einer Naturgeschichte der Toten gerechtfertigt ist, sich mit diesen Bürgern von eigenen Gnaden zu befassen, wenn auch diese Bezeichnung nichts bedeuten mag, wenn dieses Werk erscheint, ist es trotzdem ungerecht gegen die anderen Toten, die nicht aus freier Wahl in ihrer Jugend tot waren, die keine Zeitschriften besaßen, von denen zweifellos viele noch nicht einmal eine Kritik gelesen hatten, jene, die man bei heißem Wetter liegen sah, während ein Haufen Würmer die Stelle bearbeitete, wo einst ihr Mund gewesen sein muß. Die Toten hatten nicht immer heißes Wetter: sehr oft war es der Regen, der sie reinwusch, wenn sie in ihm lagen, und der die Erde, nachdem man sie darin begraben hatte, aufweichte, und der dann manchmal anhielt, bis die Erde zu Schlamm wurde und sie herauswusch und man sie von neuem begraben mußte. Oder im Winter in den Bergen mußte man sie in den Schnee legen, und wenn der Schnee im Frühling schmolz, mußte jemand anders sie begraben. Es gab wunderschöne Friedhöfe in den Bergen – Krieg in den Bergen ist der schönste aller Kriege –, und in einem von diesen, an einem Ort, der Pocol hieß, begrub man einen General, der von einem Scharfschützen durch den Kopf geschossen war. Hier befinden sich die Schriftsteller, die Bücher mit dem Titel *Generale sterben im Bett* schreiben, im Irrtum, weil dieser General hoch oben in den Bergen in einem in den Schnee gegrabenen Schützengraben starb, und er trug einen Alpinihut mit einer Adlerfeder daran und einem Loch vorn, in das man nicht den kleinen Finger hineinstecken konnte, und einem Loch hinten, in das man seine Faust hineinstecken konnte, wenn es eine kleine Faust war, und wenn man sie hineinstecken wollte, und viel Blut im Schnee. Er war ein verdammt guter General gewesen, und General von Behr auch, der das bayerische Alpenkorps in der Schlacht von Caporetto befehligt hatte und in seinem Stabsauto von der italienischen Nachhut, als er an der Spitze seiner Truppen nach Udine hineinfuhr, getötet wurde, und die Titel all solcher Bücher sollten lauten: *Generale sterben meistens im Bett*, wenn man in derartigen Dingen etwas wie Genauigkeit anstrebt.

In den Bergen fiel der Schnee auch manchmal auf die Toten draußen vor dem Verbandsplatz, auf der Seite, die durch den Berg vor dem Bombardement geschützt war. Man trug sie in eine Höhle, die man in die Bergseite gegraben hatte, ehe die Erde gefror. Und in dieser Höhle lag ein Mann einen Tag, eine Nacht und einen Tag, dessen Gehirnstruktur durch einen Granatsplitter in Unordnung gebracht worden war, dessen Kopf zerbrochen war wie ein Blumentopf zerbrochen sein kann, obschon alles durch Membranen und einen geschickt angelegten Verband, der jetzt durchtränkt und hart war, zusammengehalten wurde. Die Krankenträger baten den Doktor, hineinzugehen und ihn sich anzusehen. Jedesmal, wenn sie hineinzugehen hatten, sahen sie ihn, und selbst wenn sie nicht hinblickten, hörten sie ihn atmen. Die Augen des Arztes waren rot und die Lider geschwollen und durch Tränengas beinahe geschlossen. Er sah sich den Mann zweimal an, einmal bei Tageslicht und einmal beim Licht einer Taschenlampe. Auch das hätte eine gute Radierung für Goya abgegeben; ich meine, der Besuch mit der Taschenlampe. Nachdem er sich ihn zum zweitenmal angesehen hatte, glaubte der Arzt den Krankenträgern, als sie sagten, daß der Soldat noch am Leben sei.

«Was wollt ihr. Was soll ich machen?» fragte er.

Es gab nichts, was sie gemacht haben wollten. Aber nach einer Weile baten sie um Erlaubnis, ihn heraustragen und zu den Schwerverwundeten legen zu dürfen.

«Nein, nein, nein!» sagte der Doktor, der beschäftigt war. «Was ist denn los? Habt ihr Angst vor ihm?»

«Wir mögen ihn nicht hören – da drinnen bei den Toten.»

«Hört nicht hin. Wenn ihr ihn da rausholt, müßt ihr ihn nur gleich wieder reintragen.»

«Das würde nichts ausmachen, Herr Stabsarzt.»

«Nein», sagte der Doktor. «Nein. Habt ihr nicht gehört, daß ich nein gesagt habe?»

«Warum geben Sie ihm nicht eine doppelte Dosis Morphium?» fragte ein Artillerieoffizier, der darauf wartete, daß man ihm eine Armwunde verband.

«Glauben Sie, das ist die einzige Verwendung, die ich für Morphium habe? Möchten Sie, daß ich ohne Morphium operiere? Sie haben ja einen Revolver. Gehen Sie raus und schießen Sie ihm eine Kugel durch den Kopf.»

«Er hat schon eine Kugel im Kopf», sagte der Offizier. «Wenn ein paar von euch Ärzten eine Kugel abkriegten, wärt ihr anders.»

«Sehr freundlich von Ihnen», sagte der Doktor und schwenkte eine Zange in der Luft. «Tausend Dank. Und die Augen hier?» Er wies mit der Zange auf sie. «Wie würden die Ihnen gefallen?»

«Tränengas. Wir nennen's Glück, wenn's Tränengas ist.»

«Weil ihr aus der Frontlinie rauskommt», sagte der Doktor. «Weil ihr mit euerm Tränengas hierher gelaufen kommt, um abtransportiert zu werden. Ihr reibt euch Zwiebeln in die Augen.»

«Sie sind ja nicht bei Trost. Ich will Ihre Beleidigungen nicht gehört haben. Sie sind verrückt.»

Die Krankenträger kamen herein.

«Herr Stabsarzt», sagte einer von ihnen.

«Macht, daß ihr rauskommt», sagte der Doktor.

Sie gingen hinaus.

«Ich werde den armen Kerl erschießen», sagte der Artillerieoffizier. «Ich bin ein humaner Mensch. Ich lasse ihn nicht weiter leiden.»

«Erschießen Sie ihn nur», sagte der Doktor. «Erschießen Sie ihn. Nehmen Sie die Verantwortung auf sich. Ich werde eine Meldung machen. Verwundeter von Artillerieleutnant auf vorderstem Verbandsplatz erschossen. Erschießen Sie ihn. Los doch, erschießen Sie ihn.»

«Sie sind ja kein Mensch.»

«Meine Aufgabe ist, den Verwundeten zu helfen, nicht sie zu töten. Das ist was für die Herren von der Artillerie.»

«Warum helfen Sie ihm denn nicht?»

«Ich habe es getan. Ich habe alles getan, was ich tun kann.»

«Warum schicken Sie ihn nicht mit der Drahtseilbahn hinunter?»

«Wer sind Sie eigentlich, daß Sie mir hier Fragen stellen? Sind Sie mein Vorgesetzter? Haben Sie den Verbandsplatz hier unter sich? Seien Sie so freundlich, mir zu antworten.»

Der Artillerieleutnant sagte nichts. Die anderen im Raum waren alles Mannschaften; es waren keine anderen Offiziere anwesend.

«Antworten Sie mir», sagte der Doktor und hielt eine Nadel in seiner Zange hoch. «Geben Sie mir eine Erklärung.»

«F . . . Sie sich selbst», sagte der Artillerieleutnant.

«So», sagte der Doktor. «So, das haben Sie gesagt. Na gut. Na gut. Wir werden ja sehen.»

Der Artillerieoffizier stand auf und ging auf ihn zu.

«F . . . Sie sich selbst», sagte er. «F . . . Sie sich selbst. F . . . Sie Ihre Mutter. F . . . Sie Ihre Schwester.»

Der Doktor warf ihm eine Schale voll Jod ins Gesicht. Als er geblendet auf ihn zukam, tastete der Leutnant nach seinem Revolver. Der Doktor sprang geschwind hinter ihn, stellte ihm ein Bein, und als er zu Boden fiel, gab er ihm ein paar Fußtritte und hob mit seinen Gummihandschuhen den Revolver auf. Der Leutnant saß auf dem Boden und hielt seine heile Hand vor die Augen.

«Ich töte Sie», sagte er. «Ich töte Sie, sobald ich sehen kann.»

«Ich bin hier der Herr», sagte der Doktor. «Alles ist vergeben, da Sie wissen, daß ich hier der Herr bin. Sie können mich nicht töten, weil ich Ihren Revolver habe. Sergeant! Adjutant! Adjutant!»

«Der Adjutant ist an der Drahtseilbahn», sagte der Sergeant.

«Wischen Sie dem Offizier da die Augen aus mit Alkohol und Wasser. Er hat Jod drin. Bringen Sie mir die Schüssel zum Händewaschen. Als nächster kommt der Offizier hier dran.»

«Sie rühren mich nicht an.»

«Halten Sie ihn fest. Er phantasiert ein bißchen.»

Einer der Krankenträger kam herein.

«Herr Stabsarzt?»

«Was wollen Sie?»

«Der Mann in der Totenkammer . . .»

«Machen Sie, daß Sie rauskommen.»

«. . . ist tot, Herr Stabsarzt. Ich dachte, Sie würden es gern wissen.»

«Sehen Sie, mein armer Leutnant, wir streiten uns um nichts. Mitten im Krieg streiten wir uns um nichts.»

«F . . . Sie sich selbst», sagte der Artillerieleutnant. Er konnte noch nicht sehen. «Sie haben mich geblendet.»

«Das ist nichts», sagte der Doktor. «Ihre Augen sind bald wieder in Ordnung. Das ist nichts. Ein Streit um nichts.»

«Hilfe! Hilfe! Hilfe!» schrie der Leutnant plötzlich. «Sie haben mich geblendet! Sie haben mich geblendet!»

«Halten Sie ihn fest», sagte der Doktor. «Er hat heftige Schmerzen. Halten Sie ihn ganz fest.»

# Wein aus Wyoming

Es war ein heißer Nachmittag in Wyoming; die Berge waren sehr weit weg, und man konnte Schnee auf ihren Spitzen sehen, aber sie warfen keinen Schatten, und die Getreidefelder im Tal waren gelb, die Straße war staubig von den vorbeifahrenden Autos, und all die kleinen Holzhäuser am Rande der Stadt schmorten in der Sonne. Ein paar Bäume beschatteten Fontans hintere Veranda, und dort saß ich an einem Tisch, und Madame Fontan brachte kaltes Bier aus dem Keller herauf. Ein Auto verließ die Hauptstraße und kam die Seitenstraße herauf und hielt neben dem Haus. Zwei Männer stiegen aus und kamen durchs Tor herein. Ich stellte die Flaschen unter den Tisch. Madame Fontan stand auf.

«Wo ist Sam?» fragte einer der Männer an der Fliegentür.

«Er ist nicht hier. Er ist im Bergwerk.»

«Haben Sie etwas Bier?»

«Nein. Haben kein Bier. Das ist die letzte Flasche. Alles alle.»

«Komm doch, wir gehen wohin, wo man anständiges Bier bekommt», sagte der eine von ihnen, und sie gingen zum Auto zurück. Der eine schwankte beim Gehen. Das Auto fuhr mit einem Ruck los, schleuderte auf der Straße und fuhr auf und davon.

«Stellen Sie das Bier auf den Tisch», sagte Madame Fontan. «Was ist los? Ja, alles in Ordnung. Was ist los? Trinken Sie doch nicht vom Boden.»

«Ich wußte nicht, wer's war», sagte ich.

«Sie sind betrunken», sagte sie. «Das macht den Ärger nachher. Dann gehen sie woandershin und sagen, sie haben es hier bekommen. Vielleicht erinnern sie sich auch nicht einmal.» Sie sprach Französisch, aber es war nur gelegentlich Französisch, und zwischendurch benutzte sie viele englische Worte und hin und wieder auch eine englische Satzbildung.

«Wo ist Fontan?»

«*Il fait de la vendange.* Ach, du lieber Gott, *il est* verrückt *pour le vin.*»

«Aber Sie mögen Bier?»

«*Oui, j'aime la bière, mais Fontan, il est* verrückt *pour le vin.*»

Sie war eine untersetzte alte Frau mit einer wunderbar gesunden Gesichtsfarbe und weißem Haar. Sie war sehr sauber, und das Haus war sehr sauber und ordentlich. Sie war aus Lens.

«Wo haben Sie gegessen?»

«Im Hotel.»

«*Mangez ici. Il ne faut pas manger à l'hôtel ou au restaurant. Mangez ici.*»

«Ich will Ihnen keine Mühe machen, und außerdem ißt man ganz gut im Hotel.»

«Ich esse niemals im Hotel. Es kann schon sein, daß man da ganz gut ißt. Ich habe nur einmal in meinem ganzen Leben in Amerika in einem Restaurant gegessen. Wissen Sie, was man mir gegeben hat? Man hat mir Schweinefleisch gegeben, das roh war.»

«Wirklich?»

«Ich lüge Ihnen doch nichts vor. Es war Schwein, das nicht gekocht war. *Et mon fils est marié avec une américaine, et tout le temps il a mangé les Bohnen en Büchse.*»

«Wie lange ist er verheiratet?»

«Ach mein Gott, ich weiß nicht. Seine Frau wiegt 195 Pfund. Sie arbeitet nicht. Sie kocht nicht. Sie gibt ihm Bohnen en Büchse.»

«Was tut sie denn?»

«Sie liest die ganze Zeit. *Rien que des* Bücher. *Tout le temps elle* bleibt im Bett und liest Bücher. Sie kann schon kein zweites Baby mehr bekommen. Sie ist zu dick. Es ist kein Platz.»

«Was ist denn mit ihr los?»

«Sie liest die ganze Zeit über Bücher. Er ist ein guter Junge. Er arbeitet schwer. Er hat im Bergwerk gearbeitet; jetzt arbeitet er auf einer Ranch. Er hat niemals vorher auf einer Ranch gearbeitet, und der Mann, dem die Ranch gehört, hat zu Fontan gesagt, daß er niemals auf der Ranch jemand besser hat arbeiten sehen wie den Jungen. Dann kommt er nach Hause, und sie gibt ihm nichts zu essen.»

«Warum läßt er sich nicht scheiden?»

«Er hat kein Geld, um sich scheiden zu lassen. Außerdem *il est* verrückt *pour elle.*»

«Ist sie schön?»

«Er findet es. Als er sie anbrachte, dachte ich, mich rührt der Schlag. Er ist so ein guter Junge und arbeitet schwer die ganze Zeit über und geht auch nicht bummeln, hat nie Schwierigkeiten gemacht. Dann ging er weg, um in den Petroleumvorkommen zu arbeiten, und bringt diese Indienne nach Hause, die damals bereits ihre 170 Pfund wog.»

*«Elle est indienne?»*

«Und ob sie indianisch ist! Mein Gott, ja. Die ganze Zeit über sagt sie ‹Ollerollerhundsfott, Teufel noch mal!›. Sie arbeitet nicht.»

«Wo ist sie jetzt?»

*«Au show.»*

«Was ist das?»

«*Au show. Kino.* Alles, was sie tut, ist lesen und zur Show gehen.»

«Haben Sie noch etwas Bier?»

«Mein Gott, aber gewiß doch. Kommen Sie und essen Sie mit uns heute abend.»

«Schön. Was soll ich mitbringen?»

«Bringen Sie nichts mit. Gar nichts. Kann sein, Fontan hat etwas von dem Wein da.»

An dem Abend aß ich bei Fontans. Wir aßen im Eßzimmer, und es lag ein reines Tischtuch auf. Wir probierten den jungen Wein. Er war sehr leicht und rein und gut und schmeckte noch nach den Trauben. Um den Tisch herum saßen Fontan und Madame und ihr kleiner Junge André.

«Was haben Sie heute gemacht?» fragte Fontan. Er war ein alter Mann mit einem kleinen, bergwerksmüden Körper, einem grauen Schnauzbart und lebendigen Augen, und er stammte aus dem Centre, aus der Gegend von St. Étienne.

«Ich habe an meinem Buch gearbeitet.»

«Haben Ihre Bücher gestimmt?» fragte Madame.

«Er meint, er schreibt ein Buch, wie ein Schriftsteller. *Un roman*», erklärte Fontan.

«Pa, kann ich zur Show gehen?» fragte André.

«Gewiß», sagte Fontan.

André wandte sich mir zu. «Für wie alt halten Sie mich? Glauben Sie, daß ich wie vierzehn Jahre aussehe?» Er war ein dünner kleiner Junge, aber sein Gesicht sah wie sechzehn aus.

«Ja, du siehst wie vierzehn aus.»

«Wenn ich zur Show gehe, dann duck ich mich so zusammen und versuche klein auszusehen.» Er hatte eine sehr hohe Stimme, die gerade brach. «Wenn ich denen einen viertel Dollar gebe, behalten sie ihn, aber wenn ich ihnen nur fünfzehn Cents gebe, lassen sie mich auch rein.»

«Dann gebe ich dir also nur fünfzehn Cents», sagte Fontan.

«Nein, gib mir den Vierteldollar. Ich lasse ihn mir unterwegs wechseln.»

*«Il faut revenir tout de suite après le show»*, sagte Madame Fontan.

«Ich komme direkt zurück.» André ging zur Tür hinaus. Die Nacht draußen kühlte ab. Er ließ die Tür offen, und ein kühler Wind kam herein.

*«Mangez»*, sagte Madame Fontan. «Sie haben überhaupt nichts gegessen.»

Ich hatte zweimal Huhn gegessen, geröstete Kartoffeln, drei Kolben Mais, einige aufgeschnittene Gurken und zweimal Salat genommen.

«Vielleicht will er etwas Kek», sagte Fontan.

«Ich hätte etwas Kek für ihn besorgen sollen», sagte Madame Fontan. «*Mangez du fromage. Mangez du* Weißkäs. Sie haben nichts gegessen. Ich hätte Kek kaufen sollen. Amerikaner essen immer Kek.»

«*Mais j'ai rudement bien mangé.*»

«*Mangez. Vous n'avez rien mangé.* Essen Sie alles auf. Wir heben nichts auf. Essen Sie alles auf.»

«Essen Sie noch etwas Salat», sagte Fontan.

«Ich werde noch etwas Bier holen», sagte Madame Fontan. «Wenn Sie den ganzen Tag in einer Buchfabrik arbeiten, werden Sie hungrig und durstig.»

«*Elle ne comprend pas que vous êtes écrivain*», sagte Fontan. Er war ein zarter, gebrechlicher alter Mann, der den Jargon aus seiner Militärzeit Ende der neunziger Jahre benutzte und die damals volkstümlichen Lieder kannte. «Er schreibt die Bücher selbst», erklärte er Madame.

«Sie schreiben die Bücher selbst?» fragte Madame.

«Manchmal.»

«Ach», sagte sie, «ach, Sie schreiben sie selbst. Na, Sie werden auch hungrig und durstig, wenn Sie das tun. *Mangez. Je vai chercher de la bière.*»

Wir hörten sie die Kellertreppe hinuntergehen. Fontan lächelte mir zu. Er war gegen Menschen, die weder seine Erfahrung noch seine Weltkenntnis besaßen, voller Duldsamkeit.

Als André von der Show nach Hause kam, saßen wir immer noch in der Küche und sprachen über Jagd.

«Am *Labor Day* sind wir nach Clear Creek gefahren», sagte Madame. «Ach du lieber Gott, da hätten Sie man dabei sein sollen! Wir fuhren alle im Lastwagen. *Tout le monde est allé dans le* Lastwagen. *Nous sommes parties le dimanche. C'est le* Lastwagen *de* Charlie.»

«*On a mangé, on a bu du vin, de la bière, et il y avait aussi un français qui a apporté de l'absinthe*», sagte Fontan. «*Un français de la Californie!*»

«Mein Gott, *nous avons chanté.* Und da war ein Farmer, der kam, um zu sehen, was los war, und wir gaben ihm etwas zu trinken, und er blieb eine Weile bei uns. Ein paar Italiener sind auch gekommen, und sie wollten auch bei uns bleiben. Wir sangen ein Lied über die Italiener, und sie haben es nicht verstanden. Sie wußten nicht, daß wir sie nicht haben wollten, aber wir kümmern uns gar nicht um sie, und nach einer Weile gehen sie weg.»

«Wie viele Fische haben Sie gefangen?»

«*Très peu.* Wir gingen ein bißchen fischen, aber wir kamen zurück, um weiterzusingen. *Nous avons chanté, vous savez.*»

«In der Nacht», sagte Madame Fontan, «*toutes les femmes dorment dans le* Lastwagen. *Les hommes à côté du feu.* Nachts höre ich, wie Fontan kommt, um noch mehr Wein zu holen, und ich sage ihm: ‹Fontan, mein Gott, laß etwas für morgen. Morgen wird nichts zu trinken da sein, und dann wird es ihnen leid tun.›»

«*Mais nous avons tout bu*», sagte Fontan. «*Et le lendemain il ne reste rien.*»

«Was haben Sie da gemacht?»

«*Nous avons pêché sérieusement.*»

«Gute Forellen. Nichts auszusetzen daran. Mein Gott. Eine wie die andere, ein halbes Pfund und eine Unze.»

«Wie groß?»

«Ein halbes Pfund und eine Unze. Gerade recht zum essen. Alle die gleiche Größe, ein halbes Pfund und eine Unze.»

«Wie gefällt Ihnen Amerika?» fragte Fontan.

«Sehen Sie, es ist meine Heimat. Deshalb mag ich es, weil es meine Heimat ist. *Mais on ne mange pas très bien. D'antan, oui. Mais maintenant*, nein.»

«Nein», sagte Madame. «*On ne mange pas bien.*» Sie schüttelte den Kopf. «*Et aussi il y a trop de Polacks. Quand j'étais petite ma mère m'a dit, ‹vous mangez comme les Polacks›. Je n'ai jamais compris ce que c'est un Polack. Mais maintenant en Amérique je comprends. Il y a trop de Polacks. Et*, mein Gott, *ils sont sales, les Polacks.*»

«Es ist wunderbar zum Jagen und Angeln», sagte ich.

«*Oui, ça c'est le meilleur. La chasse et la pêche*», sagte Fontan. «*Qu'est ce que vous avez comme fusil?*»

«Eine zwölfkalibrige Pump.»

«*Il est bon, le Pump.*» Fontan nickte mit dem Kopf.

«*Je veux aller à la chasse moi-même*», sagte André mit seiner hohen Kleinjungenstimme.

«*Tu ne peux pas*», sagte Fontan. Er wandte sich an mich.

«*Ils sont des sauvages, les* Jungens, *vous savez. Ils sont des sauvages. Ils veulent* schießen *les* uns *les autres.*»

«*Je veux aller tout seul*», sagte André sehr schrill und aufgeregt.

«Du kannst nicht gehen», sagte Madame Fontan. «Du bist zu jung.»

«*Je veux aller tout seul*», sagte André schrill. «*Je veux* schießen *les rats d'eau.*»

«Was sind *rats d'eau*?» fragte ich.

«Die kennen Sie nicht? Sicher kennen Sie die. Was man Bisam nennt.»

André hatte die zweiundzwanzigkalibrige Flinte aus dem Schrank geholt und hielt sie mit beiden Händen unter die Lampe.

*«Ils sont des sauvages»*, erklärte Fontan. *«Ils veulent* schießen *les uns les autres.»*

*«Je veux aller tout seul»*, schrie André. Er sah verzweifelt am Gewehrlauf hinunter. *«Je veux* schießen *les rats d'eau. Je connais beaucoup de rats d'eau.»*

«Gib mir die Flinte», sagte Fontan. Er erklärte mir noch einmal: «Es sind Wilde. Sie würden sich gegenseitig totschießen.»

André klammerte sich an das Gewehr.

*«On peut* gucken. *On ne fait pas de mal. On peut* gucken.»

*«Il est* verrückt *pour le* Schießen», sagte Madame Fontan. *«Mais il est trop jeune.»*

André stellte die zweiundzwanzigkalibrige Flinte wieder in den Schrank zurück. «Wenn ich größer bin, schieße ich die Bisamratten und auch die Rammler», sagte er auf englisch. «Einmal bin ich mit Papa gegangen, und er schoß einen Rammler bloß an, und ich schoß und traf ihn richtig.»

*«C'est vrai»*, nickte Fontan. *«Il a tué un* Bock.»

«Aber er hatte ihn schon angeschossen», sagte André, «ich will ganz allein gehen und ganz allein für mich schießen. Nächstes Jahr darf ich.» Er ging hinüber in eine Ecke und setzte sich hin, um sein Buch zu lesen. Ich hatte es aufgenommen, als wir in die Küche gekommen waren, wo wir nach dem Essen saßen. Es war ein Leihbibliotheksbuch – *Frank auf dem Kanonenboot*!

*«Il aime les* Bücher», sagte Madame Fontan. «Aber es ist besser als mit den älteren Jungen nachts herumzustrolchen und Sachen zu stehlen.»

«Gegen Bücher ist nichts zu sagen», sagte Fontan. *«Monsieur il fait les* Bücher.»

«Ja, das stimmt schon, gut. Aber zuviel Bücher sind schlecht», sagte Madame Fontan. *«Ici c'est une maladie, les* Bücher. *C'est comme les* Kirchen. *Il y a trop de* Kirchen. *En France il y a seulement les catholiques et les protestants – et très peu de protestants. Mais ici rien que des* Kirchen. *Quand j'étais venue ici, je disais,* ach du lieber Himmel! Was sind denn das alles für Kirchen?»

*«C'est vrai»*, sagte Fontan. *«Il y a trop de* Kirchen.»

«Neulich», sagte Madame Fontan, «war ein kleines französisches Mädchen hier mit ihrer Mutter, Fontans Cousine, und sie sagte zu mir: ‹*En Amérique il ne faut pas être catholique.* Es ist nicht gut, *catholique* zu sein. Die Amerikaner mögen nicht, wenn man *catho-*

*lique* ist. Es ist wie mit der Prohibition.› Und ich sagte zu ihr: ‹Was willst du denn sein, na? Es ist besser, *catholique* zu sein, wenn man *catholique* ist.› Aber sie sagte: ‹Nein, in Amerika ist es nicht gut, *catholique* zu sein.› Aber ich finde, es ist besser, *catholique* zu sein, wenn man es ist. *Ce n'est pas bon de changer sa religion.* Bei Gott, nein.»

«Gehen Sie hier zur Messe?»

«Nein, in Amerika gehe ich nicht zur Messe, nur hin und wieder mal, ganz selten. *Mais je reste catholique.* Es ist nicht gut, die Religion zu wechseln.»

*«On dit que Schmidt est catholique»*, sagte Fontan.

*«On dit, mais on ne sait jamais»*, sagte Madame. «Ich glaube nicht, daß Schmidt *catholique* ist. Es gibt nicht viel *catholiques* in Amerika.»

«Wir sind *catholiques*», sagte ich.

«Gewiß, aber Sie leben in Frankreich», sagte Madame Fontan. *«Je ne crois pas, que Schmidt est catholique.* Hat er je in Frankreich gelebt?»

*«Les Polacks sont catholiques»*, sagte Fontan.

«Das stimmt», sagte Madame Fontan. «Sie gehen zur Kirche, und dann gibt's nichts wie Messerstechereien den ganzen Weg über nach Hause, und den ganzen Sonntag lang bringen sie sich um. Aber sie sind keine richtigen *catholiques.* Sie sind polackische *catholiques.*»

«Alle *catholiques* sind gleich», sagte Fontan. «Ein *catholique* ist wie der andere.»

«Ich glaube nicht, daß Schmidt *catholique* ist», sagte Madame Fontan. «Das ist sehr komisch, wenn der *catholique* ist. *Moi je ne crois pas.*»

*«Il est catholique»*, sagte ich.

«Schmidt ist *catholique*», sagte Madame Fontan nachdenklich. «Das hätte ich nicht gedacht. Mein Gott, *il est catholique.*»

«Marie, geh und hol noch Bier», sagte Fontan. *«Monsieur a soif – moi aussi.»*

«Ja, gut», sagte Madame Fontan aus dem Nebenzimmer. Sie ging hinunter, und wir hörten die Treppe knarren. André saß und las in seiner Ecke. Fontan und ich saßen am Tisch, und er schenkte das Bier aus der letzten Flasche in unsere zwei Gläser und ließ ein bißchen auf dem Boden zurück.

*«C'est un bon pays pour la chasse»*, sagte Fontan. *«J'aime beaucoup* schießen *les canards.»*

*«Mais il y a très bonne chasse aussi en France»*, sagte ich.

*«C'est vrai»*, sagte Fontan. *«Nous avons beaucoup de gibier là-bas.»*

Madame Fontan kam die Treppe herauf mit Bierflaschen in beiden Händen. *«Il est catholique»*, sagte sie. «Mein Gott, Schmidt *est catholique.*»

«Glauben Sie, daß er Präsident wird?» fragte Fontan.

«Nein», sagte ich.

Am nächsten Nachmittag fuhr ich hinaus zu Fontans durch den Schatten der Stadt, dann die staubige Landstraße entlang, die Seitenstraße hinauf und ließ den Wagen neben dem Zaun stehen. Es war wieder ein heißer Tag. Madame Fontan kam an die Hintertür. Sie sah wie Frau Weihnachtsmann aus, sauber und rosig und weißhaarig, und sie watschelte, wenn sie ging.

«Mein Gott, hallo», sagte sie. «Es ist heiß, mein Gott.» Sie ging ins Haus zurück, um etwas Bier zu holen. Ich saß auf der hinteren Veranda und sah durch das Fliegengitter und die Blätter der Bäume hindurch auf die Hitze und in weiter Ferne auf die Berge. Es waren durchfurchte braune Berge, und über ihnen drei Gipfel und ein Gletscher mit Schnee, den man durch die Bäume hindurch sehen konnte. Der Schnee sah sehr weiß und rein und unwirklich aus. Madame Fontan kam heraus und stellte die Flaschen auf den Tisch.

«Was sehen Sie da draußen?»

«Den Schnee.»

*«C'est joli, la neige.»*

«Sie trinken doch auch ein Glas.»

«Gut.»

Sie setzte sich auf einen Stuhl neben mich. «Schmidt», sagte sie, «wenn der Präsident wird, glauben Sie, daß wir dann richtig wieder Bier und Wein kriegen?»

«Sicher», sagte ich. «Verlassen Sie sich auf Schmidt.»

«Wir hatten bereits 755 Dollar Geldstrafe gezahlt, als sie Fontan verhafteten. Zweimal hat uns die Polizei verhaftet und einmal die Regierung. Alles Geld, das wir verdient hatten, die ganze Zeit über, die Fontan im Bergwerk gearbeitet hat und wo ich waschen gegangen bin. Wir haben alles bezahlt. Sie steckten Fontan ins Gefängnis. *Il n'a jamais fait de mal à personne.*»

«Er ist ein guter Mann», sagte ich. «Es ist ein Verbrechen.»

«Wir sind nicht zu teuer. Wein ein Dollar der Liter, Bier zehn Cents die Flasche. Wir verkaufen das Bier niemals, bevor es gut ist. In vielen Lokalen verkaufen sie das Bier sofort, wenn sie's machen, und dann kriegt jeder Kopfweh davon. Was ist denn da dabei? Sie stecken Fontan ins Gefängnis, und sie nehmen 755 Dollar.»

«Es ist niederträchtig», sagte ich. «Wo ist Fontan?»

«Er bleibt beim Wein. Er muß jetzt auf ihn achtgeben, um den richtigen Augenblick zu erwischen.» Sie lächelte. Sie dachte nicht mehr an das Geld. «*Vous savez il est* verrückt *pour le vin.* Gestern abend brachte er ein bißchen davon mit nach Hause, das, was Sie tranken, und ein bißchen vom neuen. Dem letzten neuen. Er ist noch nicht fertig, aber er trank ein bißchen davon, und heute früh tat er ein bißchen in seinen Kaffee. *Dans son café! Vous savez il est* verrückt *pour le vin. Il est comme ça. Son pays est comme ça.* Wo ich herkomme, im Norden, trinkt man keinen Wein. Alle trinken Bier. Dort, wo wir lebten, war eine große Brauerei ganz in der Nähe. Als ich ein kleines Mädchen war, mochte ich den Hopfengeruch auf den Karren nicht leiden, und in den Feldern auch nicht. *Je n'aime pas les houblons.* Nein, mein Gott, kein bißchen. Der Mann, dem die Brauerei gehörte, sagte zu mir und meiner Schwester, wir sollten in die Brauerei gehen und dort ein Bier trinken, und dann würden wir den Hopfen schon leiden mögen. Das ist wahr. Dann mochten wir ihn schon. Er ließ uns das Bier umsonst geben. Dann mochten wir es schon. Aber Fontan, *il est* verrückt *pour le vin.* Einmal hat er einen Kaninchenbock geschossen, und er wollte, daß ich ihn in einer Weinsauce kochte, eine dunkle Sauce machte aus Wein und Butter und Pilzen und Zwiebeln und allem sonst darin für den Bock. Mein Gott, die Sauce hab ich schon hingekriegt, und er aß alles und sagte: ‹*La sauce est meilleure que le* Bock.› *Dans son pays c' est comme ça. Il y a beaucoup de gibier et de vin. Moi j'aime les pommes de terre, le saucisson et la bière. C'est très bon pour la santé.*»

«Bier ist gut», sagte ich. «Bier und Wein auch.»

«Sie sind wie Fontan, aber da hat es neulich hier etwas gegeben, was ich noch nicht gesehen hatte. Ich glaube auch nicht, daß Sie es je gesehen haben. Da sind doch Amerikaner hier gewesen, die haben Whiskey ins Bier getan.»

«Nein», sagte ich.

«*Oui*, bei Gott, ja, es ist wahr. *Et aussi une femme qui a vomi sur la table.*»

«*Comment?*»

«*C'est vrai. Elle a vomi sur la table et après elle a vomi dans ses* Schuhe. Und später sind sie zurückgekommen und sagten, sie wollten wiederkommen und am nächsten Sonnabend wieder eine Gesellschaft geben, und ich sagte: ‹Nein, bei Gott, nein!› Als sie kamen, habe ich die Tür zugeriegelt.»

«Sie sind schlimm, wenn sie betrunken sind.»

«Im Winter, wenn die Jungens zum Tanzen fahren, kommen sie in ihren Autos vorbei und halten draußen und sagen zu Fontan: He, Sam, verkauf uns 'ne Flasche Wein, oder sie kaufen Bier, und dann nehmen sie eine Flasche Mondschein aus der Tasche und gießen es ins Bier und trinken es. Mein Gott, das ist das erste Mal, daß ich so was in meinem Leben gesehen habe. Sie gießen Whiskey ins Bier. Mein Gott, *das* kann ich nicht verstehen.»

«Die wollen sich übergeben, damit sie wissen, daß sie betrunken sind.»

«Einmal kommt ein Kerl her, kommt zu mir und sagt, ich solle ihnen ein großes Abendessen kochen, und sie werden ein, zwei Flaschen Wein trinken, und ihre Mädchen kämen auch, und dann gingen sie zum Tanzen. ‹Schön›, sagte ich. Also machte ich ein großes Abendessen, und als sie kamen, tranken sie bereits eine ganze Menge. Dann taten sie Whiskey in den Wein. Mein Gott, ja. Ich sagte zu Fontan: *‹On va être malade!›* – *‹Oui›*, sagte er. Dann übergaben sich die Mädchen, nette Mädchen dabei, richtig nette Mädchen. Sie übergaben sich direkt bei Tisch. Fontan versuchte sie beim Arm zu nehmen und ihnen zu zeigen, wo sie sich auf der Toilette ungestört übergeben konnten, aber die Kerle sagten: ‹Nein, es wäre gar nichts dabei; sie sollten ruhig dableiben.›»

Fontan war hereingekommen. «Als sie wiederkamen, habe ich die Tür verriegelt. ‹Nein›, habe ich gesagt, ‹nicht für 150 Dollar. Bei Gott, nein.› Es gibt ein Wort im Französischen für solche Leute, wenn sie sich so benehmen», sagte Fontan. Er stand da und sah von der Hitze sehr alt und müde aus.

«Was?»

*«Cochon»*, sagte er behutsam und schwankte, ob er ein so starkes Wort benutzen sollte oder nicht. «Sie waren wie das *cochon. C'est un mot très fort»*, entschuldigte er sich, *«mais vomir sur la table»* – er schüttelte traurig den Kopf.

*«Cochons»*, sagte ich. «Das ist genau das, was sie sind – *cochons, salauds.*»

Die Derbheit der Worte war Fontan peinlich. Er war froh, von etwas anderem zu sprechen.

*«Il y a des gens très gentils, très sensibles qui viennent aussi»*, sagte er. «Es kommen Offiziere vom Fort. Sehr nette Menschen. Gute Kerle. Sie wollen, daß jeder, der mal in Frankreich gewesen ist, herkommt und Wein trinkt. Und ob sie den Wein mögen.»

«Das war *ein* Mann», sagte Madame Fontan, «und seine Frau erlaubt ihm niemals, auszugehen. Also sagt er ihr, er sei müde und geht zu Bett, und wenn sie zur Show geht, dann kommt er direkt hierher, manchmal in seinem Pyjama, nur mit einem Mantel darüber. ‹Maria, etwas Bier›, sagt er, ‹um des lieben Himmels willen.› Er sitzt in seinem Pyjama und trinkt sein Bier, und dann geht er hinauf zum Fort und ist wieder im Bett, bevor seine Frau aus der Show nach Hause kommt.»

*«C'est un original»*, sagte Fontan, *«mais vraiment gentil.* Er ist ein netter Kerl.»

«Mein Gott, ja, ein netter Kerl, wahrhaftig», sagte Madame Fontan. «Er ist immer im Bett, wenn seine Frau aus der Show nach Hause kommt.»

«Ich muß morgen wegfahren», sagte ich. «Nach der Crow-Reservation. Wir fahren zur Eröffnung der Prairiehuhnsaison.»

«So? Sie kommen doch aber hierher zurück, bevor Sie abreisen; Sie kommen doch sicher hierher zurück?»

«Bestimmt.»

«Dann wird der Wein fertig sein», sagte Fontan. «Wir werden eine Flasche zusammen trinken.»

«Drei Flaschen», sagte Madame Fontan.

«Ich komme zurück», sagte ich.

«Wir rechnen auf Sie», sagte Fontan.

«Gute Nacht», sagte ich.

Wir kamen früh am Nachmittag von unserem Jagdausflug zurück. Wir waren an dem Morgen seit fünf Uhr auf gewesen. Am Tag vorher war die Jagd gut gewesen, aber an jenem Morgen hatten wir kein Prairiehuhn gesehen. Wie wir so in dem offenen Auto fuhren, war uns sehr heiß, und wir hielten an, um unser Mittagsbrot außerhalb der Sonne unter einem Baum am Straßenrand zu essen. Die Sonne stand hoch, und das Fleckchen Schatten war sehr klein. Wir aßen belegte Brote und Kekse mit Sandwichfüllung und waren durstig und müde und froh, daß wir uns endlich draußen und auf der Hauptstraße zur Stadt zurück befanden. Wir kamen an einer Prairiehundsiedlung vorbei und hielten den Wagen an, um mit Pistolen auf die Prairiehunde zu schießen. Wir töteten zwei, aber dann hörten wir auf, weil die Kugeln, die fehlgingen, von den Felsen und der Erde abprallten und über die Felder surrten, und jenseits der Felder standen ein paar Bäume an einem Wasserlauf und ein Haus, und wir wollten nicht wegen verirrter Kugeln, die die Richtung auf das Haus nahmen, in Ungelegenheiten kommen. Also fuhren wir weiter und waren endlich auf der Straße und fuhren bergab den außenliegenden Häusern der Stadt zu. Jenseits der Ebene konnten wir die Berge sehen. Sie waren blau an jenem Tag, und der Schnee auf den hohen Bergen glitzerte wie Glas. Der Sommer ging seinem Ende zu, aber es gab noch keinen Neuschnee, der auf den hohen Bergen liegenblieb; es war nur der alte, von der Sonne geschmolzene Schnee und das Eis, und von ganz weit weg leuchtete es sehr hell.

Wir wollten irgend etwas Kühles und etwas Schatten. Wir waren sonnenverbrannt, und unsere Lippen hatten Blasen von der Sonne und dem Alkalistaub. Wir bogen die Seitenstraße hinauf zu Fontans ein, hielten den Wagen draußen vorm Haus an und gingen hinein. Es war kühl drinnen im Eßzimmer. Madame Fontan war allein.

«Nur zwei Flaschen Bier», sagte sie. «Es ist alles weg. Das neue ist noch nicht gut.»

Ich gab ihr ein paar Vögel. «Das ist gut», sagte sie. «Schön. Danke. Das ist gut.» Sie ging hinaus, um die Vögel an einem kühleren Ort aufzubewahren.

Nachdem wir mit dem Bier fertig waren, stand ich auf. «Wir müssen gehen», sagte ich.

«Sie kommen doch bestimmt heute abend. Fontan, der wird dann sicher den Wein da haben.»

«Wir kommen noch vorbei, bevor wir wegfahren.»

«Sie fahren weg?»

«Ja, wir müssen morgen früh fort.»

«Das ist zu schade, daß Sie wegfahren. Kommen Sie heute abend. Fontan wird den Wein da haben. Wir machen eine *fête*, bevor Sie wegfahren.»

«Wir kommen, bevor wir wegfahren.»

Aber an jenem Nachmittag gab es Telegramme abzuschicken, den Wagen zu überholen – ein Reifen war von einem Stein zerschnitten worden und mußte vulkanisiert werden –, und ich ging ohne Auto in die Stadt, um Sachen zu erledigen, die erledigt werden mußten, bevor wir abreisen konnten. Als Abendbrotzeit war, war ich zu müde, um auszugehen. Wir hatten keine Lust auf eine fremde Sprache. Alles, was wir wollten, war, früh zu Bett gehen.

Als ich im Bett lag, bevor ich einschlief, mit all den Sommersachen um mich her aufgehäuft, fertig zum Einpacken, den offenen Fenstern, durch die die Luft von den Bergen kühl hereinkam, dachte ich, daß es eine Schande sei, daß wir nicht zu Fontans gegangen waren – aber nach kurzem schlief ich ein. Am nächsten Tag waren wir den ganzen Morgen über damit beschäftigt, einzupacken und den Sommer zu beenden. Wir aßen zu Mittag und waren um zwei Uhr zum Aufbruch fertig.

«Wir müssen gehen und uns von den Fontans verabschieden», sagte ich.

«Ja, das müssen wir.»

«Ich fürchte, sie haben uns gestern abend erwartet.»

«Wahrscheinlich hätten wir hingehen sollen.»

«Eigentlich hätten wir wohl hingehen können.»

«Ich wünschte, wir wären gegangen.»

Wir verabschiedeten uns von dem Mann hinter dem Pult im Hotel und von Larry und von unseren anderen Freunden in der Stadt und fuhren dann zu den Fontans hinaus. Beide waren da, Monsieur und Madame. Sie freuten sich, uns zu sehen. Fontan sah alt und müde aus.

«Wir dachten, Sie würden gestern abend kommen», sagte Madame Fontan. «Fontan hatte drei Flaschen Wein da. Als Sie nicht kamen, hat er alles ausgetrunken.»

«Wir können nur eine Minute bleiben», sagte ich. «Wir sind nur gekommen, um uns zu verabschieden. Wir wollten gestern abend kommen. Wir hatten die Absicht zu kommen, aber wir waren zu müde nach dem Ausflug.»

«Geh, hol etwas Wein», sagte Fontan.

«Es ist kein Wein da. Du hast alles ausgetrunken.»

Fontan sah ganz verstört aus.

«Ich werde gleich gehen und welchen holen», sagte er. «Ich bin nur ein paar Minuten weg. Ich habe ihn gestern abend ausgetrunken. Wir hatten ihn für Sie da.»

«Ich wußte, Sie waren müde. ‹Mein Gott›, sagte ich, ‹die sind gewiß zu müde, um zu kommen›», sagte Madame Fontan. «Los, hol etwas Wein, Fontan.»

«Ich fahre Sie im Auto hin», sagte ich.

«Gut», sagte Fontan. «Auf die Art geht's schneller.»

Wir fuhren mit dem Auto die Straße hinunter und bogen nach ungefähr anderthalb Kilometer in einen Seitenweg ein.

«Der Wein wird Ihnen schmecken», sagte Fontan. «Er ist gut geworden. Sie können ihn heute abend zum Essen trinken.»

Wir hielten vor einem Holzhaus. Fontan klopfte an die Tür. Niemand antwortete. Wir gingen herum zur Rückseite. Die Hintertür war auch verschlossen. Um die Hintertür herum lagen leere Blechbüchsen. Wir sahen durchs Fenster. Es war niemand drinnen. Die Küche war schmutzig und verwahrlost, aber alle Fenster und Türen waren fest verschlossen.

«Die verdammte Person! Wo ist sie nur hingegangen?» sagte Fontan. Er war verzweifelt. «Ich weiß, wo ich einen Schlüssel bekommen kann», sagte er. «Bleiben Sie hier.» Ich beobachtete, wie er die Straße hinunter zum nächsten Haus ging, an die Tür klopfte, mit der Frau, die herauskam, sprach und schließlich zurückkam. Er hatte einen Schlüssel. Wir versuchten es mit ihm in der Vordertür und hinten, aber er wollte nicht öffnen.

«Die verdammte Person», sagte Fontan. «Sie ist irgendwo hingegangen.»

Als ich durch das Fenster blickte, sah ich, wo der Wein aufgehoben wurde. Dicht am Fenster konnte man das Innere des Hauses riechen. Es roch süßlich und übelkeiterregend wie ein Indianerhaus. Plötzlich nahm Fontan eine lose Planke auf und begann, damit an der Hintertür die Erde zu lockern.

«Ich werde schon reinkommen», sagte er. «Verdammte Person, ich werde schon reinkommen.»

Im Hinterhof des nächsten Hauses war ein Mann, der irgend etwas an dem einen Vorderrad eines alten Fords machte.

«Tun Sie's lieber nicht», sagte ich. «Der Mann da kann Sie sehen. Er beobachtet Sie.»

Fontan richtete sich auf. »Wir wollen es noch mal mit dem Schlüssel versuchen», sagte er. Wir versuchten's mit dem Schlüssel, aber er funktionierte nicht. Er ließ sich nach beiden Seiten ein Stück herumdrehen.

«Wir können nicht rein», sagte ich. «Wir fahren besser zurück.»

«Ich werde da hinten aufbuddeln», erbot sich Fontan.

«Nein, ich will nicht, daß Sie ein Risiko eingehen.»

«Ich tue es.»

«Nein», sagte ich. «Der Mann da sieht es. Dann beschlagnahmen sie ihn nur.»

Wir setzten uns ins Auto und fuhren zu Fontan zurück und hielten unterwegs an, um den Schlüssel abzugeben. Fontan redete nicht, sondern fluchte nur auf englisch. Er war ganz durcheinander und niedergeschlagen. Wir gingen ins Haus hinein.

«Die verdammte Person!» sagte er. «Wir konnten nicht an den Wein ran. Meinen eigenen Wein, den ich gemacht habe.»

Alle Heiterkeit verschwand aus Madame Fontans Gesicht. Fontan setzte sich in eine Ecke und vergrub den Kopf in den Händen.

«Wir müssen gehen», sagte ich. «Es macht wirklich nichts aus mit dem Wein. Sie werden ihn auf unser Wohl trinken, wenn wir weg sind.»

«Wo ist die Verrückte denn hingegangen?» fragte Madame Fontan.

«Ich weiß nicht», sagte Fontan. «Ich weiß nicht, wo sie hin ist. Und jetzt fahren Sie weg, ohne Wein.»

«Das macht nichts aus», sagte ich.

«Das macht viel aus», sagte Madame Fontan. Sie schüttelte den Kopf.

«Wir müssen gehen», sagte ich. «Auf Wiedersehen und alles Gute. Und schönen Dank für alles.»

Fontan schüttelte den Kopf. Er war entehrt. Madame Fontan sah traurig aus.

«Machen Sie sich wirklich keine Gedanken von wegen dem Wein», sagte ich.

«Er wollte, daß Sie seinen Wein trinken», sagte Madame Fontan. «Können Sie nächstes Jahr wiederkommen?»

«Nein. Vielleicht das Jahr darauf.»

«Siehst du?» sagte Fontan zu ihr.

«Auf Wiedersehen», sagte ich. «Denken Sie nicht mehr an den Wein. Trinken Sie für uns mit, wenn wir weg sind.» Fontan schüttelte den Kopf. Er lächelte nicht. Er wußte, wann er verspielt hatte.

«Die verdammte Person da», sagte Fontan vor sich hin.

«Gestern abend hatte er drei Flaschen hier», sagte Madame Fontan, um ihn zu trösten. Er schüttelte den Kopf.

«Auf Wiedersehen», sagte er.

Madame Fontan hatte Tränen in den Augen.

«Auf Wiedersehen», sagte sie. Sie fühlte mit Fontan mit.

«Auf Wiedersehen», sagten wir. Wir fühlten uns alle gräßlich. Sie standen auf der Türschwelle, und wir stiegen ein, und ich ließ den Motor laufen. Wir winkten. Sie standen traurig beieinander auf der Veranda. Fontan sah sehr alt aus, und Madame Fontan sah traurig aus. Sie winkte uns zu, und Fontan ging ins Haus. Wir fuhren die Straße hinauf.

«Es war ihnen gräßlich, Fontan war es gräßlich.»

«Wir hätten gestern abend hingehen sollen.»

«Ja, das hätten wir tun sollen.»

Wir hatten die Stadt hinter uns und waren draußen auf der glatten Landstraße mit den Stoppeln der Getreidefelder zu beiden Seiten und den Bergen weit weg zur Rechten. Es sah wie Spanien aus, aber es war Wyoming.

«Hoffentlich wird es ihnen sehr gutgehen.»

«Wird es nicht», sagte ich. «Und Schmidt wird auch nicht Präsident.»

Die Zementstraße hörte auf. Die Straße war jetzt mit Kies bedeckt, und wir verließen die Ebene und begannen den Anstieg zwischen den Ausläufern zweier Berge; die Straße machte einen Bogen und begann hinanzuklettern. Die Erde der Hügel war rot; der Salbei wuchs in grauen Klumpen, und als die Straße anstieg, konnten wir über die Hügel hinsehen und weiter weg über die Talebene bis zu den Bergen. Sie waren jetzt weiter entfernt, und es sah mehr denn je wie Spanien aus. Die Straße stieg von neuem in Windungen an, und vor uns waren ein paar Birkhühner, die sich auf der Straße im Staub tummelten. Sie flogen mit schnellem Flügelschlag auf, als wir uns ihnen näherten, dann segelten sie in langen Schrägen davon und ließen sich auf dem Abhang unter uns nieder.

«Wie groß und schön sie sind! Sie sind größer als europäische Rebhühner.»

«Es ist ein großartiges Land für *la chasse*, wie Fontan sagt.»
«Und wenn es keine *chasse* gibt?»
«Bis dahin sind wir tot.»
«Der Junge aber nicht.»
«Es gibt keinen Beweis dafür, daß er dann nicht tot sein wird.»
«Wir hätten gestern abend hingehen sollen.»
«O ja», sagte ich. «Wir hätten hingehen sollen.»

# Der Spieler, die Nonne und das Radio

Man lieferte sie so um Mitternacht ein, und dann hörte jedermann längs des Korridors die ganze Nacht hindurch den Russen.

«Wo ist er verwundet?» fragte Mr. Frazer die Nachtschwester.

«Ich glaube, im Oberschenkel.»

«Und was ist mit dem andern los?»

«Ach, ich fürchte, der wird sterben.»

«Wo ist er verwundet?»

«Zweimal im Unterleib. Man hat nur eine von den Kugeln gefunden.»

Beide waren Rübenhacker, ein Mexikaner und ein Russe, und sie saßen in einem Lokal, das die ganze Nacht offen war, und tranken Kaffee, als jemand in die Tür trat und auf den Mexikaner zu feuern begann. Der Russe kroch unter einen Tisch und wurde zum Schluß von einer verirrten, für den Mexikaner bestimmten Kugel getroffen, als der mit zwei Kugeln im Unterleib am Boden lag. So stand es in der Zeitung.

Der Mexikaner erzählte der Polizei, er habe keine Ahnung, wer auf ihn geschossen hätte. Er hielte es für einen Zufall.

«Einen Zufall, daß er acht Schüsse auf dich abgab und dich zweimal getroffen hat?»

*«Sí, Señor»*, sagte der Mexikaner, der Cayetano Ruiz hieß. «Ein Zufall, daß er mich überhaupt getroffen hat, der *cabron*», sagte er zu dem Dolmetscher.

«Was sagt er?» fragte der Polizeidetektiv und blickte über das Bett hinweg den Dolmetscher an.

«Er sagt, es sei ein Zufall gewesen.»

«Sag ihm, daß er sterben wird, daß er die Wahrheit sagen soll», sagte der Detektiv.

*«Na»*, sagte Cayetano, «aber sagen Sie ihm, daß ich mich sehr krank fühle und vorziehen würde, nicht soviel zu reden.»

«Er sagt, daß er die Wahrheit spricht», sagte der Dolmetscher. Dann sagte er dreist zu dem Detektiv: «Er weiß nicht, wer auf ihn geschossen hat. Man hat ihn in den Rücken geschossen.»

«Ja», sagte der Detektiv, «ich verstehe schon, aber warum sind die Kugeln alle vorn reingegangen?»

«Vielleicht spinnt er», sagte der Dolmetscher.

«Hör mal», sagte der Detektiv und fuchtelte mit dem Finger direkt vor Cayetanos Nase, die wachsgelb aus seinem Totengesicht herausragte, in dem die Augen so lebendig waren wie die eines Habichts. «Es ist mir ganz schnuppe, wer auf dich geschossen hat, aber ich muß die Sache hier aufklären. Willst du denn nicht, daß der

Mann, der auf dich geschossen hat, bestraft wird? Sagen Sie ihm das», wandte er sich an den Dolmetscher.

«Er will, du sollst sagen, wer auf dich geschossen hat.»

*«Mandarlo al carajo»*, sagte Cayetano, der sehr müde war.

«Er sagt, er hat den Kerl überhaupt nicht gesehen», sagte der Dolmetscher. «Wahrhaftig, ich sage Ihnen, man hat ihn in den Rücken geschossen.»

«Fragen Sie ihn, wer den Russen verwundet hat!»

«Armer Russe», sagte Cayetano. «Er lag am Boden und hatte den Kopf zwischen die Arme gesteckt. Er begann zu schreien, als sie ihn treffen, und er schreit und schreit, immerzu. Armer Russe.»

«Er sagt, irgendein Kerl, den er nicht kennt. Möglicherweise derselbe Kerl, der auf ihn geschossen hat.»

«Hör mal», sagte der Detektiv, «wir sind hier nicht in Chicago. Du bist kein Gangster. Du brauchst dich nicht wie in einem Film zu benehmen. Es ist völlig in Ordnung, wenn du erzählst, wer auf dich geschossen hat. Jeder würde erzählen, wer auf ihn geschossen hat. Es ist völlig in Ordnung, das zu tun. Nimm mal an, du sagst nicht, wer es ist, und er erschießt jemand anderes. Nimm mal an, er erschießt eine Frau oder ein Kind. Du kannst ihn doch nicht einfach so laufenlassen. Sagen Sie ihm das», wandte er sich an Mr. Frazer. «Ich trau dem verfluchten Dolmetscher nicht.»

«Ich bin absolut zuverlässig», sagte der Dolmetscher.

Cayetano blickte Mr. Frazer an.

«Hören Sie mal, *amigo*», sagte Frazer, «der Polizist sagt, daß wir nicht in Chicago, sondern in Hailey, Montana sind. Sie sind kein Bandit, und dies hat nichts mit Kino zu tun.»

«Ich glaube ihm das», sagte Cayetano leise. *«Ya lo creo.»*

«Es ist völlig ehrenhaft, seinen Angreifer anzugeben. Er sagt: jeder tut es hier. Er sagt: was geschieht, wenn der Mann, nachdem er auf Sie geschossen hat, eine Frau oder ein Kind erschießt?»

«Ich bin nicht verheiratet», sagte Cayetano.

«Er sagt: irgendeine Frau, irgendein Kind.»

«Der Mann ist nicht verrückt», sagte Cayetano.

«Er sagt, Sie sollen ihn angeben», schloß Mr. Frazer.

«Danke», sagte Cayetano. «Sie gehören zu den großen Übersetzern. Ich spreche Englisch, aber schlecht. Doch ich verstehe gut. Wie haben Sie Ihr Bein gebrochen?»

«Vom Pferd gefallen.»

«So ein Pech. Das tut mir sehr leid. Tut es sehr weh?»

«Jetzt nicht. Zuerst ja.»

«Hören Sie mal, *amigo*», begann Cayetano. «Ich bin sehr schwach, Sie werden verzeihen. Ich habe auch viel Schmerzen, genug Schmerzen. Es ist gut möglich, daß ich sterbe. Bitte schaffen Sie diesen Polizisten hier raus, weil ich sehr müde bin.» Er machte den Versuch, auf die Seite zu rollen, dann hielt er sich steif.

«Ich habe ihm alles wiederholt, genauso, wie Sie es gesagt haben, und er läßt Ihnen sagen, daß er wahrhaftig nicht weiß, wer ihn verwundet hat, und daß er sehr schwach ist und bittet, daß Sie ihn später verhören», sagte Mr. Frazer.

«Später ist er wahrscheinlich tot.»

«Das ist gut möglich.»

«Deshalb will ich ihn jetzt verhören.»

«Ich sage Ihnen doch, irgendwer hat ihn in den Rücken geschossen», sagte der Dolmetscher.

«Herrgott noch mal!» sagte der Polizeidetektiv und steckte sein Notizbuch in die Tasche.

Draußen auf dem Gang stand der Polizeidetektiv mit dem Dolmetscher neben Mr. Frazers Rollstuhl.

«Sie glauben wohl auch, daß ihn jemand in den Rücken geschossen hat.»

«Ja», sagte Mr. Frazer. «Jemand hat ihn in den Rücken geschossen. Was geht Sie das schon an?»

«Seien Sie nur nicht gleich eingeschnappt», sagte der Polizist. «Ich wünschte, ich könnte Spanisch sprechen.»

«Warum lernen Sie's denn nicht?»

«Sie brauchen doch nicht gleich eingeschnappt zu sein. Es macht mir doch keinen Spaß, dem Span Fragen zu stellen. Wenn ich Spanisch sprechen könnte, wär's anders.»

«Sie brauchen doch nicht Spanisch zu sprechen», sagte der Dolmetscher. «Ich bin ein absolut zuverlässiger Dolmetscher.»

«Herrgott noch mal!» sagte der Polizist. «Also bis nachher. Ich komm mal rauf und besuche Sie.»

«Danke, ich bin immer zu Hause.»

«Sie sind doch wohl wieder in Ordnung? Das war wahrhaftig Pech. Mächtiges Pech.»

«Es geht ganz gut voran, seit er den Knochen gespleißt hat.»

«Ja, aber es dauert lange. Lange, lange Zeit.»

«Lassen Sie sich nicht von irgendwem in den Rücken schießen.»

«So ist's recht», sagte er. «So ist's recht. Na, ich bin froh, daß Sie nicht eingeschnappt sind.»

«Auf Wiedersehen», sagte Mr. Frazer.

Mr. Frazer sah Cayetano lange Zeit hindurch nicht wieder, aber jeden Morgen berichtete die Oberschwester Cecilia über ihn. Er klage nie, sagte sie, und es ginge ihm jetzt sehr schlecht. Er hatte Bauchfellentzündung, und man glaubte nicht, daß er am Leben bleiben würde. «Armer Cayetano», sagte sie. Er hatte solch schöne Hände und solch ein feines Gesicht, und er jammerte nie. Der Geruch war jetzt wirklich entsetzlich. Er zeigte mit einem Finger auf seine Nase und lächelte und schüttelte den Kopf, sagte sie. Ihm war das mit dem Geruch sehr unangenehm. Es war ihm peinlich, sagte die Oberschwester Cecilia. Was war das für ein wunderbarer Patient! Er lächelte immer. Er wollte dem Pater nicht beichten, aber er hatte versprochen, seine Gebete zu sagen, und nicht ein einziger Mexikaner war da gewesen, um ihn zu besuchen, seit man ihn eingeliefert hatte. Der Russe würde Ende der Woche entlassen werden. «Für den Russen habe ich nie viel übrig gehabt», sagte die Oberschwester Cecilia. «Armer Kerl! Er litt auch. Es war eine ölige, schmutzige Kugel, und die Wunde infizierte sich, aber er gab so an, und dann mag ich immer die Schlimmen. Der Cayetano, das ist ein Schlimmer. Oh, das muß wirklich ein Schlimmer sein, ein durch und durch Schlimmer. Der ist so fein und zart gebaut und hat niemals mit den Händen gearbeitet. Der ist kein Rübenhacker. Ich weiß, daß er kein Rübenhacker ist. Seine Hände sind ganz glatt, und es ist keine einzige Schwiele an ihnen. Ich weiß, daß der irgendwie ein ganz Schlimmer ist. Ich gehe jetzt hinunter und werde für ihn beten. Armer Cayetano, er hat entsetzliches auszustehen, und er gibt keinen Laut von sich. Warum sie ihn wohl totschießen wollten? Ach, der arme Cayetano! Ich gehe jetzt sofort hinunter und werde für ihn beten.»

Sie ging sofort hinunter und betete für ihn.

In jenem Krankenhaus funktionierte das Radio nicht recht, ehe die Dämmerung einbrach. Man sagte, es käme davon, daß soviel Erz im Boden wäre, oder irgend etwas, das mit den Bergen zusammenhing, aber wie dem auch war, es funktionierte überhaupt nicht ordentlich, bis es draußen dunkel wurde, aber die ganze Nacht hindurch funktionierte es großartig, und wenn eine Station Schluß machte, konnte man weiter westlich gehen und eine andere Sendung bekommen. Die letzte, die man bekommen konnte, war Seattle, Washington, und durch den Zeitunterschied war es, wenn die um vier Uhr früh aufhörte, fünf Uhr im Krankenhaus, und um sechs Uhr konnte man die Frühmusikanten in Minneapolis bekommen. Das kam auch durch den Zeitunterschied, und Mr. Frazer pflegte sich immer wieder gern die Frühmusikanten vorzustellen, wie sie im Senderaum ankamen, und er malte sich aus, wie sie aussahen, wenn sie am Morgen vor Tageslicht aus der Straßenbahn stiegen und ihre Instrumente trugen. Möglicherweise stimmte das nicht, und sie bewahrten ihre Instrumente an dem Ort auf, wo sie spielten, aber er malte sie sich immer mit ihren Instrumenten aus. Er war nie in Minneapolis gewesen, und er war ziemlich sicher, daß er niemals dorthin kommen würde, aber er wußte, wie es so früh am Morgen aussah.

Von dem Fenster des Krankenhauses konnte man einen kahlen Lehmhügel und ein Feld sehen, auf dem Unkraut aus dem Schnee ragte. Eines Morgens wollte der Arzt Mr. Frazer zwei Fasanen zeigen, die dort draußen im Schnee waren, und während er das Bett zum Fenster zog, fiel die Leselampe von der eisernen Bettstelle herunter und traf Mr. Frazers Kopf. Das klingt jetzt nicht so komisch, aber damals war es sehr komisch. Alle blickten aus dem Fenster, und der Arzt, der ein ganz ausgezeichneter Arzt war, wies auf die Fasanen und zog das Bett zum Fenster, und dann fiel – genau wie im Witzblatt – der bleierne Lampenfuß Mr. Frazer direkt auf den Kopf und schlug ihn k. o. Es schien die Antithese von Heilen, oder wofür immer Leute im Krankenhaus waren, und alle fanden es sehr komisch – ein Witz auf Kosten des Arztes und Mr. Frazers. Alles ist in einem Krankenhaus viel simpler – die Komik inbegriffen.

Von dem anderen Fenster aus konnte man, wenn man das Bett umstellte, die Stadt sehen mit ein wenig Rauch darüber und den Dawson Mountains, die unter dem Winterschnee, der auf ihnen lag, wie richtige Berge aussahen. Das waren die beiden Aussichten, da sich der Rollstuhl als verfrüht erwiesen hatte. Wenn man im Krankenhaus ist, ist man am besten im Bett aufgehoben; denn zwei Aussichten, mit genügend Zeit, um sie zu betrachten, von einem Zimmer aus, dessen Temperatur man regulieren kann, sind viel besser als eine Unzahl von Aussichten, die man ein paar Minuten lang aus heißen, leeren Zimmern sieht, die auf jemand anderes warten, oder die gerade verlassen worden sind, wo man hinein- und hinausgerollt wird. Wenn man lange genug in einem Zimmer bleibt, gewinnt jede beliebige Aussicht große Bedeutung und wird sehr wichtig, und man würde sie nicht ändern wollen – selbst nicht um Winkelgrade. Genau wie beim Radio, wo es gewisse Dinge gibt, die man liebgewinnt und auf die man sich freut, während man alles Neue übelnimmt. Die besten Melodien, die es in jenem Winter gab, waren *Sing etwas Sanftes*, *Singsangmädchen* und *Kleine unschuldige Lügen*. Mr. Frazer fand, daß keine anderen Melodien so wohltuend waren wie diese. *Betty funkte* war auch eine gute Melodie, aber die Parodie auf diese Worte, die Mr. Frazer unvermeidlich in den Sinn kam, wurde von Tag zu Tag unanständiger, und da niemand da war, um es zu würdigen, gab er es schließlich auf und drehte von dem Lied zum Football zurück.

Gegen neun Uhr früh begann man den Röntgenapparat zu benutzen, und dann wurde das Radio, auf dem man jetzt nur noch Hailey bekommen konnte, unbrauchbar. Viele Leute in Hailey, die Radios besaßen, schimpften über den Röntgenapparat des Krankenhauses, der den Morgenempfang störte, aber keiner ging gerichtlich dagegen vor, obschon viele es unerhört fanden, daß das Krankenhaus seinen Apparat nicht zu einer Zeit benutzte, in der die Leute ihre Radios nicht benutzten. Ungefähr um die Zeit, wenn man das Radio abstellen mußte, kam Oberschwester Cecilia herein.

«Wie geht es Cayetano, Schwester Cecilia?» fragte Mr. Frazer.

«Ach, es geht ihm sehr schlecht.»

«Phantasiert er?»

«Nein, aber ich fürchte, daß er sterben wird.»

«Wie geht es Ihnen?»

«Ich mache mir seinetwegen große Sorgen, und wissen Sie, daß überhaupt niemand da gewesen ist, um ihn zu besuchen? Er könnte glatt wie ein Hund verrecken, was die Mexikaner anlangt. Sie sind wirklich schrecklich.»

«Wollen Sie heute nachmittag heraufkommen und das Spiel mitanhören?»

«O nein», sagte sie, «ich würde mich zu sehr aufregen. Ich werde in der Kapelle sein und beten.»

«Man müßte es recht gut hören können», sagte Mr. Frazer. «Sie spielen draußen an der Küste, und durch den Zeitunterschied wird es spät genug sein, um einen guten Empfang zu haben.»

«Ach nein, ich könnte es einfach nicht. Bei den Meisterschaften bin ich beinahe umgekommen. Als die Athletics am Schlag waren, hab ich ganz laut gebetet: ‹O Herr, lenke ihren Schlag. O Herr, möge er treffen! O Herr, möge er richtig treffen!› Dann, als sie im dritten Spiel im Mal waren – erinnern Sie sich? –, war es zuviel für mich. ‹O Herr, möge er ihn aus dem Spielfeld schlagen! O Herr, laß ihn glatt weg über die Einzäunung schlagen!› Und dann, wissen Sie, als die Cardinals an den Schlag kamen, war es einfach schrecklich. ‹O Herr, laß sie nicht sehen! O Herr, laß sie nicht einen Schimmer sehen! O Herr, mögen sie danebenhauen!› Und dies Spiel ist ja sogar noch schlimmer. Es ist Notre Dame. Unsere Liebe Frau. Nein, ich werde in der Kapelle sein. Für Unsere Liebe Frau. Sie spielen für Unsere Liebe Frau. Ich wünschte, Sie würden mal irgend etwas für Unsere Liebe Frau schreiben. Sie könnten es. Sie wissen, daß Sie es könnten, Mr. Frazer.»

«Ich weiß nichts von ihr, über das ich schreiben könnte. Das meiste ist bereits geschrieben», sagte Mr. Frazer. «Sie würden meine Art zu schreiben nicht mögen. Und *Sie* würde es ebenfalls nicht mögen.»

«Irgendwann werden Sie mal über sie schreiben», sagte die Oberschwester. «Ich weiß, Sie werden. Sie müssen über Unsere Liebe Frau schreiben.»

«Sie sollten wirklich kommen und sich das Spiel mitanhören.»

«Es würde über meine Kräfte gehen. Nein, ich werde in der Kapelle sein und tun, was ich kann.»

An jenem Nachmittag hatten sie etwa fünf Minuten lang gespielt, als eine Novize ins Zimmer kam und sagte: «Die Oberschwester Cecilia möchte gern wissen, wie das Spiel steht.»

«Sagen Sie ihr, daß sie bereits einen Versuch erzielt haben.»

Ein klein wenig später kam die Novize wieder ins Zimmer.

«Sagen Sie ihr, daß sie sie einfach überrennen», sagte Mr. Frazer.

Ein bißchen später klingelte er nach der Schwester, die Etagendienst hatte. «Würden Sie bitte zur Kapelle hinuntergehen, oder jemanden zu Schwester Cecilia hinunterschicken, und ihr sagen, daß Notre Dame sie am Schluß des ersten Spielviertels vierzehn zu null hat und daß alles in Ordnung geht. Sie kann aufhören zu beten.»

Ein paar Minuten später kam Schwester Cecilia ins Zimmer. Sie war sehr aufgeregt. «Was bedeutet vierzehn zu null? Ich verstehe nichts von diesem Spiel. Damit würden sie bei Baseball gut in Führung liegen. Aber von Football verstehe ich nichts. Vielleicht besagt es überhaupt nichts. Ich werde sofort wieder in die Kapelle hinuntergehen und beten, bis es vorbei ist.»

«Sie haben sie in der Tasche», sagte Mr. Frazer. «Auf mein Wort. Bleiben Sie und hören Sie mit zu.»

«Nein, nein, nein, nein, nein, nein, nein», sagte sie. «Ich will sofort wieder in die Kapelle hinuntergehen, um zu beten.»

Mr. Frazer schickte jedesmal eine Botschaft hinunter, wenn Notre Dame weitere Punkte erzielte, und schließlich, als es schon lange dunkel war, das Endergebnis.

«Wie geht's Schwester Cecilia?»

«Sie sind alle in der Kapelle», sagte die Novize.

Am nächsten Morgen kam Schwester Cecilia herein. Sie war sehr zufrieden und zuversichtlich.

«Ich wußte es, sie konnten Unsere Liebe Frau nicht schlagen», sagte sie. «Sie konnten nicht. Cayetano geht es auch besser. Es geht ihm viel besser. Er wird Besuch bekommen. Er kann noch niemanden sprechen, aber sie werden kommen, und dadurch wird er sich wohler fühlen; er wird wissen, daß er von seinen eigenen Leuten nicht vergessen ist. Ich war unten und hab den jungen O'Brien auf der Polizeiwache gesprochen und ihm gesagt, daß er einfach ein paar Mexikaner heraufschicken muß, um den armen Cayetano zu besuchen. Er wird heute nachmittag ein paar heraufschicken. Dann wird sich der arme Mensch schon besser fühlen. Es ist einfach schandbar, daß ihn niemand besucht hat.»

An jenem Nachmittag gegen fünf kamen drei Mexikaner ins Zimmer.

«Darf man?» fragte der Größte, ein feister, der sehr dicke Lippen hatte.

«Warum nicht?» antwortete Mr. Frazer. «Setzen Sie sich, meine Herren. Wollen Sie etwas trinken?»

«Vielen Dank», sagte der Große.

«Danke», sagte der Dunkelste und Kleinste von ihnen.

«Nein, danke», sagte der Dünne. «Es steigt mir zu Kopf.» Er tippte an seinen Kopf.

Die Schwester brachte ein paar Gläser. «Bitte geben Sie ihnen die Flasche», sagte Mr. Frazer. «Er ist aus Red Lodge», erklärte er.

«Der aus Red Lodge ist der beste», sagte der Große. «Viel besser als der aus Big Timber.»

«Klar», sagte der Kleinste, «kostet auch mehr.»

«In Red Lodge gibt es welchen in allen Preislagen», sagte der Große.

«Wieviel Röhren hat Ihr Radio?» fragte der, der nicht trank.

«Sieben.»

«Sehr schön», sagte er. «Was kostet es?»

«Ich weiß es nicht», sagte Mr. Frazer. «Es ist gemietet. Sie, meine Herren, sind wohl Freunde von Cayetano?»

«Nein», sagte der Große. «Wir sind Freunde von dem, der ihn verwundet hat.»

«Wir sind von der Polizei hergeschickt worden», sagte der Kleinste.

«Wir haben eine Budike», sagte der Große, «er und ich», und wies auf den, der nicht trank. «Er hat auch eine Budike.» Er wies auf den kleinen Dunklen. «Die Polizei sagt uns, wir müssen kommen – also kommen wir.»

«Es freut mich sehr, daß Sie gekommen sind.»

«Gleichfalls», sagte der Große.

«Wollen Sie noch ein Gläschen?»

«Warum nicht?» sagte der Große.

«Wenn Sie gestatten», sagte der Kleine.

«Ich nicht», sagte der Dünne. «Es steigt mir zu Kopf.»

«Er ist sehr gut», sagte der Kleinste.

«Warum versuchen Sie nicht etwas?» fragte Mr. Frazer den Dünnen. «Lassen Sie sich ein bißchen zu Kopf steigen.»

«Nachher kommen die Kopfschmerzen», sagte der Dünne.

«Könnten Sie nicht ein paar Freunde von Cayetano herschicken, um ihn zu besuchen?» fragte Mr. Frazer.

«Er hat keine Freunde.»

«Jeder Mensch hat Freunde.»

«Der da, nein.»

«Was tut er denn?»

«Er ist ein Kartenspieler.»

«Ein guter?»

«Ich glaube, ja.»

«Von mir», sagte der Kleinste, «hat er 180 Dollar gewonnen. Jetzt gibt es keine 180 Dollar mehr auf der Welt.»

«Von mir», sagte der Dünne, «hat er 200 Dollar gewonnen. Prägen Sie sich die Zahl ein.»

«Ich habe niemals mit ihm gespielt», sagte der Dicke.

«Er muß sehr reich sein», warf Mr. Frazer ein.

«Er ist ärmer als wir», sagte der kleine Mexikaner. «Er hat nichts außer dem Hemd auf seinem Leib.»

«Und das Hemd hat nur noch wenig Wert», sagte Mr. Frazer, «durchlöchert, wie es ist.»

«Klar.»

«War der, der ihn verwundet hat, auch ein Kartenspieler?»

«Nein, ein Rübenhacker. Er hat die Stadt verlassen müssen.»

«Stellen Sie sich das vor», sagte der Kleinste, «er war der beste Gitarrespieler, den es je in dieser Stadt gegeben hat, der allerbeste.»

«Wie schade.»

«Das will ich meinen», sagte der Größte. «Wie der Gitarre spielen konnte!»

«Gibt es sonst keinen guten Gitarrespieler?»

«Nicht den Schatten von einem Gitarrespieler.»

«Es gibt einen Ziehharmonikaspieler, der was taugt», sagte der dünne Mann.

«Es gibt ein paar, die alle möglichen Instrumente spielen», sagte der Große. «Mögen Sie Musik?»

«Wie sollte ich nicht?»

«Wir werden einen Abend mit Musik kommen, ja? Glauben Sie, daß die Schwester es erlauben wird? Sie scheint sehr freundlich zu sein.»

«Sicher wird sie's erlauben, sobald Cayetano zuhören kann.»

«Ist sie ein bißchen verrückt?» fragte der Dünne.

«Wer?»

«Die Schwester da.»

«Nein», sagte Mr. Frazer, «sie ist eine famose Frau, sehr klug und mitfühlend.»

«Ich mißtraue allen Priestern, Mönchen und Nonnen», sagte der Dünne.

«Er hat als Junge schlechte Erfahrungen gemacht», sagte der Kleinste.

«Ich war Meßgehilfe», sagte der Dünne stolz. «Jetzt glaube ich an nichts. Ich gehe auch nicht zur Messe.»

«Warum? Steigt Ihnen das zu Kopf?»

«Nein», sagte der Dünne. «Der Alkohol steigt mir zu Kopf. Religion ist das Opium für die Armen.»

«Ich dachte, Marijuana sei das Opium für die Armen», sagte Frazer.

«Haben Sie je Opium geraucht?» fragte der Große.

«Nein.»

«Ich auch nicht», sagte er. «Es ist anscheinend sehr schlecht für einen. Man fängt an und kann nicht aufhören. Es ist ein Laster.»

«Wie Religion», sagte der Dünne.

«Der da», sagte der kleine Mexikaner, «ist sehr gegen Religion.»

«Man muß sehr gegen etwas sein», sagte Mr. Frazer höflich.

«Ich achte alle die, die einen Glauben haben, obschon sie unwissend sind», sagte der Dünne.

«Schön», sagte Mr. Frazer.

«Was können wir Ihnen mitbringen?» fragte der große Mexikaner. «Brauchen Sie irgend etwas?»

«Ich würde sehr gern gutes Bier kaufen, falls es gutes Bier gibt.»

«Wir werden Bier mitbringen.»

«Noch eine *copita*, bevor Sie gehen?»

«Es ist sehr gut.»

«Wir berauben Sie.»

«Ich kann es nicht vertragen. Es steigt mir zu Kopf. Dann habe ich schlimme Kopfschmerzen und mir wird übel.»

«Auf Wiedersehen, meine Herren.»

«Auf Wiedersehen und danke sehr.»

Sie gingen hinaus, und dann gab es Abendessen und dann das Radio, so leise gestellt, wie nur möglich, daß es gerade noch vernehmlich war, und schließlich hörten die Stationen nacheinander auf zu senden: Denver, Salt Lake City, Los Angeles und Seattle. Mr. Frazer konnte sich nach dem Radio kein Bild von Denver machen. Er konnte sich Denver nach der *Denver Post* vorstellen und das Bild durch die *Rockey Mountain News* berichtigen. Auch von Salt Lake City oder Los Angeles hatte er keine Vorstellung durch das, was er von jenen Städten hörte. Alles, was er von Salt Lake City wußte, war, daß es sauber, aber langweilig war, und es wurden zu viele Ballsäle in zu vielen großen Hotels erwähnt, als daß er sich Los Angeles hätte vorstellen können. Er konnte es sich vor lauter Ballsälen nicht vorstellen. Aber Seattle kannte er schließlich recht gut, die Taxigesellschaft mit den großen weißen Taxis (jedes Taxi auch mit einem Radio ausgestattet), in denen er jeden Abend zu dem Gasthaus auf der kanadischen Seite hinausfuhr, wo er nach der musikalischen Auswahl, um die telefonisch ersucht wurde, den Verlauf der Gesellschaft verfolgte. Er lebte jede Nacht von zwei Uhr an in Seattle und hörte die Stücke mit an, die sich all die verschiedenen Leute wünschten, und es war so wirklich wie Minneapolis, wo die Frühmusikanten jeden Morgen ihre Betten verließen, um jene kleine Reise zum Senderaum zu machen. Seattle, Washington, wuchs Mr. Frazer sehr ans Herz.

Die Mexikaner kamen und brachten Bier, aber es war kein gutes Bier. Mr. Frazer empfing sie, aber er fühlte sich nicht zum Reden aufgelegt, und als sie gingen, wußte er, daß sie nicht wiederkommen würden. Seine Nerven spielten ihm jetzt böse mit, und er mochte keinen Menschen sehen, wenn er sich in diesem Zustand befand. Nach fünf Wochen versagten seine Nerven, und obschon er froh war, daß sie so lange durchgehalten hatten, nahm er es übel, daß er jetzt dasselbe Experiment machen sollte, auf das er bereits die Antwort wußte. Mr. Frazer hatte dies alles schon einmal durchgemacht. Das einzige, was ihm neu war, war das Radio. Er ließ es die ganze Nacht über spielen, so leise gestellt, daß er es kaum vernehmen konnte, und er lernte zuzuhören, ohne zu denken.

Schwester Cecilia kam an jenem Tag gegen zehn Uhr morgens ins Zimmer und brachte die Post. Sie war sehr hübsch, und Mr. Frazer freute sich, wenn er sie sah, und hörte ihr gern zu, aber die Post, die vermeintlich aus einer anderen Welt kam, war wichtig. Es war jedoch nichts von Interesse dabei. «Sie sehen *so* viel besser aus», sagte sie. «Sie werden uns bald verlassen.»

«Ja», sagte Mr. Frazer. «Sie sehen heute sehr glücklich aus.»

«Ach, das bin ich auch. Heute morgen habe ich das Gefühl, als ob ich eine Heilige sein könnte.»

Mr. Frazer war hiervon ein wenig verblüfft.

«Ja», fuhr Oberschwester Cecilia fort. «Das möchte ich gern sein. Eine Heilige. Schon als kleines Mädchen wollte ich immer eine Heilige sein. Als ich ein junges Mädchen war, dachte ich, wenn ich der Welt entsagte und in ein Kloster ginge, würde ich eine Heilige werden. Das wollte ich werden, und ich glaubte, das tun zu müssen, um eine zu werden. Ich rechnete damit, eine Heilige zu werden. Ich war völlig sicher, daß ich eine werden würde. Einen Augenblick lang glaubte ich, ich wäre eine. Ich war so glücklich, und es schien so einfach und leicht. Als ich morgens aufwachte, erwartete ich, eine Heilige zu sein, aber ich war keine. Ich bin niemals eine geworden. Ich möchte so gern eine sein. Ich möchte nichts sein als eine Heilige. Das ist alles, was ich je gewollt habe. Und heute früh habe ich das Gefühl, als ob ich eine sein könnte. Ach, ich hoffe so, daß ich eine werde.»

«Sie werden eine sein. Jeder bekommt das, was er sich wünscht. Das sagt man mir immer.»

«Jetzt weiß ich es nicht. Als ich jung war, schien es so einfach. Ich wußte, ich würde eine Heilige werden. Nur glaubte ich, daß es Zeit erfordern würde, als ich merkte, daß es nicht plötzlich geschah. Jetzt scheint es beinahe unmöglich.»

«Ich würde sagen, daß Sie eine gute Chance haben.»

«Glauben Sie das wirklich? Nein, ich will nicht, daß man mir einfach gut zuredet. Reden Sie mir nicht einfach gut zu. Ich möchte eine Heilige sein. Ich möchte eine Heilige sein.»

«Natürlich werden Sie eine Heilige werden», sagte Mr. Frazer.

«Nein, wahrscheinlich werde ich's nicht. Aber ach, wenn ich doch nur eine Heilige sein könnte! Dann wäre ich vollkommen glücklich.»

«Drei zu eins werden Sie eine Heilige.»

«Nein, reden Sie mir nicht gut zu. Ach, wenn ich doch nur eine Heilige sein könnte! Wenn ich nur eine Heilige sein könnte!»

«Wie geht es Ihrem Freund Cayetano?»

«Er wird gesund werden, aber er ist gelähmt. Eine der Kugeln hat den großen Nerv getroffen, der durch den Oberschenkel läuft, und das Bein ist gelähmt. Sie haben es erst bemerkt, als er sich wohl genug fühlte, um sich zu bewegen.»

«Vielleicht wird der Nerv wieder heilen.»

«Ich bete, daß er das tut», sagte Oberschwester Cecilia. «Sie sollten ihn sehen.»

«Ich mag niemanden sehen.»

«Bewahre, Sie möchten ihn bestimmt gern sehen. Man könnte ihn hier hereinrollen.»

«Schön.»

Man rollte ihn herein, dünn, mit durchsichtiger Haut, mit schwarzem Haar, das geschnitten werden mußte, mit lachenden Augen, schlechten Zähnen, wenn er lächelte.

*«Hola, amigo! Que tal?»*
«Wie Sie sehen», sagte Mr. Frazer. «Und Sie?»
«Lebendig, mit einem gelähmten Bein.»
«Schlimm», sagte Mr. Frazer. «Aber der Nerv kann wieder heilen und so gut wie neu werden.»
«Das hat man mir gesagt.»
«Wie ist's mit den Schmerzen?»
«Jetzt nicht. Eine Zeitlang war ich wie verrückt davon im Bauch. Ich dachte, die Schmerzen allein würden mich umbringen.»
Oberschwester Cecilia beobachtete sie strahlend.
«Sie hat mir erzählt, daß Sie niemals einen Laut von sich gegeben haben.»
«So viele Leute im Saal», sagte der Mexikaner mißbilligend. «Was für eine Art von Schmerzen haben Sie?»
«Schlimm genug. Zweifelsohne nicht so schlimm wie Ihre. Wenn die Schwester rausgeht, weine ich eine Stunde, zwei Stunden. Es erleichtert mich. Meine Nerven sind jetzt schlecht.»
«Sie haben ein Radio. Wenn ich ein Einzelzimmer hätte und ein Radio, ich würde die ganze Nacht hindurch schreien und weinen.»
«Das bezweifle ich.»
«*Hombre sí*. Es ist sehr gesund. Aber man kann es nicht mit so vielen Leuten drumherum.»
«Wenigstens», sagte Mr. Frazer, «sind Ihre Hände noch in Ordnung. Man hat mir erzählt, daß Sie sich Ihren Unterhalt mit den Händen verdienen.»
«Und dem Kopf», sagte er und tippte gegen seine Stirn. «Aber der Kopf ist nicht soviel wert.»
«Drei Ihrer Landsleute waren hier.»
«Von der Polizei geschickt, mich zu besuchen.»
«Sie haben etwas Bier gebracht.»
«Wahrscheinlich war es schlecht.»
«Es war schlecht.»
«Heute abend kommen sie, von der Polizei geschickt, um mir ein Ständchen zu bringen.» Er lachte, dann tippte er auf seinen Bauch. «Ich kann noch nicht lachen. Als Musiker sind sie verheerend.»
«Und der, der Sie verwundet hat?»
«Noch ein Dummkopf. Ich habe ihm beim Kartenspielen 38 Dollar abgewonnen. Dafür erschießt man doch keinen.»
«Die drei haben mir erzählt, daß Sie viel Geld gewinnen.»
«Und ich bin ärmer als die Vögel.»
«Wie kommt das?»
«Ich bin ein armer Idealist. Ich bin das Opfer von Illusionen.» Er lachte, dann grinste er und tippte auf seinen Bauch. «Ich bin ein

Berufsspieler, aber ich setze gern was aufs Spiel. Richtig was aufs Spiel. So ein bißchen was aufs Spiel setzen, ist einfach unanständig. Um richtig zu spielen, braucht man Glück. Ich habe kein Glück.»

«Niemals?»

«Niemals. Ich bin völlig ohne Glück. Sehen Sie mal, dieser *cabron*, der mich gerade jetzt verwundet hat. Kann er schießen? Nein. Den ersten Schuß feuerte er ins Blaue. Der zweite wird von einem armen Russen aufgefangen. Das sieht wie Glück aus. Was geschieht? Er schießt mich zweimal in den Unterleib. *Der* Mann hat Glück. Ich habe kein Glück. Der kann ein Pferd, wenn er's am Steigbügel hält, nicht treffen. Nichts wie Glück.»

«Ich dachte, er hat erst Sie verwundet und nachher den Russen.»

«Nein, den Russen zuerst, mich nachher. Die Zeitung war im Irrtum.»

«Warum haben Sie ihn nicht erschossen?»

«Ich hab nie einen Revolver bei mir. Wenn ich eine Waffe trüge, würde ich, bei meinem Glück, zehnmal im Jahr gehängt werden. Ich bin ein billiger Kartenspieler, sonst nichts.» Er hielt inne und fuhr dann fort. «Wenn ich eine Summe Geld verdient habe, setze ich sie aufs Spiel, und wenn ich spiele, verliere ich. Ich habe beim Würfeln bei 3000 Dollar gepaßt, und dann hab ich sechs geschmissen. Mit guten Würfeln. Mehr als einmal.»

«Warum weitermachen?»

«Wenn ich lange genug lebe, wird das Glück sich wenden. Ich habe jetzt seit fünfzehn Jahren Pech. Wenn ich jemals Glück habe, werde ich reich sein.» Er grinste. «Ich bin ein guter Spieler; tatsächlich würde es mir Spaß machen, reich zu sein.»

«Haben Sie bei allen Spielen Pech?»

«Bei allen und bei Frauen.» Er lächelte wieder und zeigte seine schlechten Zähne.

«Wahrhaftig?»

«Wahrhaftig.»

«Und was läßt sich da machen?»

«Weitermachen, langsam und abwarten, daß sich das Glück wendet.»

«Aber bei Frauen?»

«Kein Spieler hat Glück bei Frauen. Er ist zu beschäftigt. Er arbeitet nachts, wenn er bei der Frau sein sollte. Kein Mann, der nachts arbeitet, kann eine Frau halten, wenn die Frau was wert ist.»

«Sie sind ein Philosoph.»

«*No, hombre.* Ein Kleinstadtspieler. Eine kleine Stadt, dann eine andere, dann eine große Stadt, dann wieder von vorn anfangen.»

«Dann in den Bauch geschossen werden.»

«Zum erstenmal», sagte er. «Das ist nur einmal passiert.»
«Ermüde ich Sie mit Reden?» fragte Mr. Frazer.
«Nein», sagte er, «aber sicher ermüde ich Sie.»
«Und das Bein?»
«Ich brauche mein Bein nicht sehr. Ich kann mit Bein oder ohne Bein. Ich werde schon herumkommen.»
«Ich wünsche Ihnen Glück, aufrichtig und von ganzem Herzen», sagte Mr. Frazer.
«Gleichfalls», sagte er, «und daß die Schmerzen aufhören.»
«Sie werden nicht anhalten, bestimmt nicht. Sie werden vergehen. Es ist unwichtig.»
«Daß sie schnell vergehen.»
«Gleichfalls.»

An jenem Abend spielten die Mexikaner im Krankensaal Ziehharmonika und andere Instrumente, und es ging vergnügt zu, und das Geräusch vom Auseinanderziehen und Zusammenpressen der Ziehharmonika, von den Schellen, dem Schlagzeug und der Trommel drang den Korridor entlang. Im Saal lag ein Rodeoreiter, der an einem heißen, staubigen Nachmittag vor einer Riesenmenge Zuschauern auf ‹Mitternacht› aus der abschüssigen Bahn gekommen war und jetzt mit gebrochenem Rückgrat dalag, und der, sobald er gesund genug sein würde, um das Krankenhaus zu verlassen, Lederarbeiten und Korbflechten lernen wollte. Da lag ein Zimmermann, der von einem Gerüst gestürzt war und beide Handgelenke und beide Knöchel gebrochen hatte. Er war wie eine Katze gesprungen, aber ohne die Elastizität einer Katze. Sie konnten ihn zusammenflicken, so daß er wieder arbeiten konnte, aber es würde lange Zeit dauern. Da lag ein etwa sechzehnjähriger Junge von einer Farm mit einem gebrochenen Bein, das schlecht eingerichtet worden war und noch einmal gebrochen werden mußte. Da lag Cayetano Ruiz, ein Kleinstadtspieler mit einem gelähmten Bein. Am anderen Ende des Korridors konnte Mr. Frazer hören, wie sie alle lachten und wie vergnügt sie bei der Musik waren, die die Mexikaner machten, die von der Polizei geschickt worden waren. Die Mexikaner waren in Stimmung. Sie kamen angeregt herein, um Mr. Frazer zu besuchen, und wollten wissen, ob sie ein besonderes Stück für ihn spielen sollten, und sie kamen noch zweimal von sich aus, um abends zu spielen.

Das letzte Mal, als sie spielten, lag Mr. Frazer bei offener Tür in seinem Zimmer und hörte der lärmenden, schlechten Musik zu und kam nicht von seinen Gedanken los. Als sie fragten, was er gespielt haben wollte, bat er um die *Cucaracha*, die jene fatale Leichtigkeit und den Schmiß so vieler Melodien hat, bei deren Klang Männer in den Tod gegangen sind. Sie spielten lärmend und mit Gefühl. Die Melodie war besser als die meisten derartigen Melodien, fand Mr. Frazer, aber der Effekt war immer der gleiche.

Obschon dieser Gefühlsmoment hinzugekommen war, hing Mr. Frazer weiter seinen Gedanken nach. Gewöhnlich vermied er das Denken, soweit er konnte, außer, wenn er schrieb; aber jetzt dachte er über jene, die spielten, nach und über das, was der Kleine gesagt hatte.

Religion ist Opium fürs Volk. Der glaubte das, der magenkranke kleine Budiker da! Ja, und Musik ist Opium fürs Volk. Der alte ‹Steigt mir zu Kopf› hatte nicht daran gedacht. Und jetzt ist Nationalökonomie Opium fürs Volk zusammen mit Patriotismus, der Opium fürs Volk in Italien und Deutschland ist. Wie stand es mit Geschlechtsverkehr? War das Opium fürs Volk? Für manche Leute. Für manche der besten Leute. Aber Suff war ein allmächtiges Opium fürs Volk, oh, ein ausgezeichnetes Opium. Obschon manche das Radio vorziehen, noch ein Opium fürs Volk, ein billiges, das er gerade benutzt hatte. Dazu gehörte auch jede Art von Glücksspiel, ein Opium fürs Volk, wenn's je eines gegeben hatte, eines der ältesten. Ehrgeiz war auch eines, ein Opium fürs Volk, dazu der Glaube an jede neue Regierungsform. Was man wollte, war das Mindestmaß an Regierung, immer weniger Regierung. Freiheit, an die wir glaubten, jetzt der Titel einer MacFaddenschen Broschüre. Wir glaubten daran, obschon man dafür noch keinen neuen Namen gefunden hatte. Aber was war das Wahre? Was war das wahre, wirkliche Opium fürs Volk? Er wußte es sehr wohl. Es hatte sich nur gerade ein klein wenig um die Ecke entfernt, aus jenem hell beleuchteten Teil seines Verstandes fort, der abends nach zwei oder mehr Glas Alkohol da war, von dem er wußte, daß er da war. (Er war natürlich nicht wirklich da.) Was war es? Er wußte es sehr wohl. Was war es? Natürlich! Brot war das Opium fürs Volk. Würde er sich daran erinnern, und würde es bei Tageslicht standhalten? Brot ist das Opium fürs Volk.

«Hören Sie mal», sagte Mr. Frazer zu der Schwester, als sie hereinkam. «Schicken Sie mir doch bitte den dünnen kleinen Mexikaner, ja?»

«Wie gefällt es Ihnen?» fragte der Mexikaner an der Tür.

«Sehr gut.»

«Es ist eine historische Melodie», sagte der Mexikaner. «Es ist die Melodie der echten Revolution.»

«Hören Sie mal», sagte Mr. Frazer. «Warum soll das Volk ohne Betäubungsmittel operiert werden?»

«Ich verstehe nicht.»

«Warum sind nicht alle Opiums fürs Volk gut? Was wollen Sie denn mit dem Volk machen?»

«Man sollte es aus seiner Unwissenheit erlösen.»

«Reden Sie keinen Unsinn. Bildung ist Opium fürs Volk. Sie sollten das wissen. Sie haben ein bißchen davon abbekommen.»

«Sie glauben nicht an Bildung?»

«Nein», sagte Mr. Frazer, «an Wissen, ja.»

«Da kann ich Ihnen nicht folgen.»

«Sehr oft macht es mir selbst kein Vergnügen, mir zu folgen.»

«Wollen Sie die *Cucaracha* noch einmal hören?» fragte der Mexikaner besorgt.

«Ja», sagte Mr. Frazer. «Spielen Sie die *Cucaracha* noch einmal. Es ist besser als Radio.»

Revolution, dachte Mr. Frazer, ist kein Opium. Revolution ist eine Katharsis, eine Ekstase, die nur durch Tyrannei verlängert werden kann. Die Opiums sind für vorher oder für nachher. Er dachte scharf, ein bißchen zu scharf.

Nun würden sie bald gehen, dachte er, und sie würden die *Cucaracha* mit sich nehmen. Dann würde er einen kleinen Schluck von dem Rattengift trinken und Radio spielen; man konnte das Radio so spielen, daß man es kaum hörte.

# Väter und Söhne

In der Mitte der Hauptstraße der Stadt war ein Umleitungszeichen gewesen, aber Autos waren ganz offensichtlich durchgefahren, also fuhr Nicholas Adams in der Meinung, daß es sich um Straßenarbeiten handelte, die beendet waren, durch die Stadt, die leere, ziegelsteingepflasterte Straße entlang, von Verkehrslichtern angehalten, die an diesem verkehrslosen Sonntag an- und ausgingen und die nächstes Jahr verschwunden sein würden, wenn die Zahlungen für die Anlage nicht geleistet wurden; weiter, unter den dichten Bäumen der kleinen Stadt, die dir ans Herz gewachsen sind, wenn es deine Stadt ist und du unter ihnen einhergegangen bist, die aber für einen Fremden nur zu dicht sind, die Sonne aussperren und die Häuser feucht machen; hinaus, hinter dem letzten Haus, auf die Landstraße, die mit sauber abgeschrägten roten Lehmböschungen und dem Baumnachwuchs zu beiden Seiten direkt vor ihm anstieg und abfiel. Es war nicht sein Land, aber es war mitten im Herbst, und all dies Land war gut zum Durchfahren und Betrachten. Die Baumwolle war gepflückt, und in den Lichtungen waren Getreidefelder, manche mit rotem chinesischem Zuckerrohr durchsetzt, und er fuhr gemächlich dahin, seinen schlafenden Sohn neben sich auf dem Sitz; das Tagespensum hatte er hinter sich; er kannte die Stadt, in der er über Nacht bleiben würde, und Nick stellte fest, in welchen Getreidefeldern Sojabohnen oder Erbsen wuchsen, wie die Dickichte und das geackerte Land zueinander lagen und die Hütten und Häuser zu den Feldern und Dickichten; er durchjagte das Land im Geist, als er vorbeifuhr, schätzte jede Lichtung auf Futter und Deckung ab und kalkulierte, wo man wohl ein Wachtelvolk finden würde und nach welcher Seite es fliegen würde.

Beim Jagen auf Wachteln darf man, wenn die Hunde sie einmal aufgespürt haben, nicht zwischen sie und ihre gewohnte Deckung kommen, sonst streichen sie, wenn sie aufschwirren, auf einen zu; manche steigen steil auf; manche streifen einem an den Ohren vorbei, schwirren, wenn sie vorbeikommen, zu einer Größe, wie man sie nie in der Luft gesehen hat, und das einzige, was man tun kann, ist kehrtmachen und sie beim Vorbeistreichen schießen, bevor sie ihre Flügel feststellen und in das Dickicht hinabwinkeln. Wie er so das Land nach Wachteln abjagte, wie es ihn sein Vater gelehrt hatte, begann Nicholas Adams an seinen Vater zu denken. Das erste, wenn er an ihn dachte, waren immer die Augen. Seine große Gestalt, seine schnellen Bewegungen, seine breiten Schultern, seine hakenförmige Habichtsnase, der Bart, der sein schwaches Kinn bedeckte, daran dachte man nie – es waren immer die Augen. Sie waren in seinem Kopf durch die Bildung des Stirnbeins geschützt, tief eingebettet, als ob eine besondere Schutzvorrichtung für ein kostbares Instrument ersonnen worden wäre. Sie sahen viel geschwinder und viel weiter, als das menschliche Auge sieht, und sie waren die große Gabe, die sein Vater besaß. Sein Vater sah, wie ein breithörniger Widder oder wie ein Adler sieht – buchstäblich.

So stand er etwa mit seinem Vater am Seeufer – seine eigenen Augen waren damals sehr gut –, und sein Vater sagte wohl: «Sie haben die Fahne gehißt.» Nick konnte weder die Fahne noch den Fahnenmast sehen. «Siehst du», sagte sein Vater dann, «es ist deine Schwester Dorothy. Sie hat die Fahne aufgezogen, und jetzt geht sie zum Anlegeplatz hinaus.»

Nick blickte über den See hinweg, und er konnte die lange, bewaldete Uferlinie, den höheren Baumbestand dahinter, die Landspitze, die über die Bucht wachte, die deutlich sichtbaren Hügel der Farm und das Weiß ihres Hauses zwischen den Bäumen sehen, aber er sah keine Fahnenstange und keinen Anlegeplatz, nur das Weiß des Strandes und den Bogen des Ufers.

«Kannst du die Schafe auf dem Hügelabhang, der Landspitze zu, sehen?»

«Ja.»

Sie waren ein weißlicher Fleck auf dem Graugrün des Hügels.

«Ich kann sie zahlen», sagte sein Vater.

Sein Vater war sehr nervös, wie alle Leute mit einer Fähigkeit, die menschliche Bedürfnisse übersteigt. Und sentimental war er auch, und wie fast alle sentimentalen Menschen war er beides, grausam und oft betrogen. Und dann hatte er auch viel Pech, und es war nicht alles seine Schuld. Er war in einer Falle umgekommen, an deren Aufstellung er nur wenig beteiligt war, und sie hatten ihn alle auf ihre verschiedene Art und Weise verraten, bevor er starb. Alle sentimentalen Menschen werden ein ums andere Mal verraten. Nick konnte noch nicht über ihn schreiben; er würde es später einmal tun, aber das Wachtelland rief ihn Nick ins Gedächtnis zurück, so wie er war, als Nick ein Junge gewesen, und er war ihm für zwei Dinge sehr dankbar: Angeln und Jagen. Sein Vater war auf diesen beiden Gebieten so sattelfest, wie er zum Beispiel in bezug auf alles Geschlechtliche ahnungslos war, und Nick war froh, daß es so gewesen war, denn es muß einem jemand die erste Flinte geben oder die Gelegenheit, eine zu bekommen und sie zu benutzen, und man muß dort leben, wo es Wild und Fische gibt, wenn man wirklich etwas über sie lernen will, und jetzt, mit achtunddreißig, angelte und jagte er genauso gern wie damals, als er zuerst mit seinem Vater gegangen war. Es war eine Leidenschaft, die niemals nachgelassen hatte, und er war seinem Vater sehr dankbar dafür, daß er sie in ihm geweckt hatte.

Für das andere hingegen, worin sein Vater ahnungslos war, ist man mit allem versehen, was man je haben wird, und jeder Mann lernt alles, was es für ihn zu wissen gibt, ohne Anleitung, und es ist gleich, wo man lebt. Er erinnerte sich sehr deutlich an die beiden einzigen Auskünfte, die ihm sein Vater hierüber je gegeben hatte. Einmal, als sie zusammen auf Jagd waren, schoß Nick ein rotes Eichhörnchen von einer Schierlingstanne herunter. Das Eichhörnchen fiel verwundet herab, und als Nick es aufhob, biß es den Jungen glatt durch den Handballen.

«Der dreckige kleine Bugger», sagte Nick und schlug den Kopf des Eichhörnchens gegen den Baum. «Sieh mal, wie er mich gebissen hat.»

Sein Vater blickte hin und sagte: «Lutsch es ordentlich aus und tu Jod darauf, wenn du nach Hause kommst.»

«Der kleine Bugger», sagte Nick.

«Weißt du, was ein Bugger ist?» fragte ihn sein Vater.

«Wir nennen alles Bugger», sagte Nick.

«Ein Bugger ist ein Mensch, der Geschlechtsverkehr mit Tieren hat.»

«Warum?»

«Ich weiß es nicht», sagte sein Vater. «Aber es ist ein abscheuliches Verbrechen.»

Nicks Phantasie war sowohl angeregt wie angeekelt, und er dachte an verschiedene Tiere, aber keines erschien ihm reizvoll oder hierfür verwendbar, und das war die Gesamtsumme an direktem sexuellem Wissen, die ihm sein Vater hinterließ, bis auf ein zweites Gebiet. Eines Morgens las er in der Zeitung, man habe Enrico Caruso wegen *mashing* festgenommen.

«Was ist *mashing*[1]?»

«Es ist eines der abscheulichsten Verbrechen», antwortete sein Vater. Nick malte sich den großen Tenor in der Phantasie aus, wie er etwas Seltsames, Bizarres und Abscheuliches mit einer Kartoffelquetsche[2] einer wunderschönen Dame antat, die wie die Bilder von Anna Held im Innern der Zigarrenkisten aussah. Er nahm sich vor, mit beträchtlichem Gruseln, sobald er alt genug sein würde, *mashing* auf jeden Fall einmal zu versuchen.

Sein Vater hatte die ganze Angelegenheit folgendermaßen zusammengefaßt: Masturbation führe Blindheit, Irrsinn und Tod herbei,

1 Wortspiel. *mashing* = tätliche Beleidigung.
2 Wortspiel. *potato masher* = Kartoffelquetsche.

während ein Mann, der mit Prostituierten ginge, sich grauenhafte Geschlechtskrankheiten holen würde, und es das einzig Wahre sei, sich mit niemandem einzulassen. Andererseits hatte sein Vater das wunderbarste Paar Augen, das er je gesehen hatte, und Nick hatte ihn lange Zeit sehr geliebt. Jetzt, wo er wußte, wie alles gewesen, war selbst die Erinnerung an die frühesten Zeiten, bevor alles schiefging, keine gute Erinnerung. Wenn er es niederschrieb, konnte er es loswerden. Er war eine Menge Dinge losgeworden dadurch, daß er sie niederschrieb. Aber hierfür war es noch zu früh. Zu viele Leute waren noch da. Also beschloß er, an etwas anderes zu denken. An der Sache mit seinem Vater ließ sich nichts ändern; er hatte dies alles viele Male hin und her überlegt. Die geschickte Arbeit, die der Leichenbestatter am Gesicht seines Vaters geleistet hatte, war in seinem Gedächtnis nicht verblaßt, und alles übrige war ganz eindeutig, die Verpflichtungen inbegriffen. Er hatte dem Leichenbestatter ein Kompliment gemacht, und der Leichenbestatter war stolz und selbstgefällig gewesen. Aber es war nicht der Leichenbestatter, der ihm jenes letzte Gesicht gegeben hatte. Der Leichenbestatter hatte nur gewisse, mit Bravour ausgeführte Reparaturen von zweifelhaftem künstlerischem Wert ausgeführt. Das Gesicht hatte sich selbst geformt und war geformt worden durch lange Jahre hindurch. In den letzten drei Jahren hatte es sich schnell gemodelt. Es war eine gute Geschichte, aber es waren noch zu viele Leute am Leben, als daß er sie hätte schreiben können.

Nick hatte sich sein Wissen um jene anderen Dinge in dem Schierlingstannenwald hinter dem Indianerlager erworben. Man gelangte auf einem Pfad dahin, der von dem Haus durch die Wälder zu der Farm lief, und dann auf einem Weg, der sich durch die Schneisen ins Lager wand. Wenn er jetzt doch noch diesen ganzen Pfad mit bloßen Füßen spüren könnte! Zuerst kam der Fichtennadelboden in den Schierlingstannenwaldungen hinter dem Haus, wo die gefällten Stämme zu Holzstaub zerfielen und langsplittrige Holzstücke wie Wurfspeere in dem Baum hingen, den der Blitz getroffen hatte. Man überquerte den Bach auf einem Baumstamm, und wenn man danebentrat, war da der schwarze Morast des Sumpfes. Man kletterte über einen Zaun, wenn man aus dem Wald war, und der Pfad über das Feld mit gemähtem Gras, wo Sauerklee und Wollkraut wuchs, war hart in der Sonne, und zur Linken war der schwanke Sumpfboden des Bachbettes, wo sich der Regenpfeifer seine Nahrung holte. Das Kühlhaus war in jenem Bach. Unterhalb der Scheune gab es frischen, warmen Dünger und den anderen, älteren Dünger, der obenauf in Fladen getrocknet war. Dann kam ein zweiter Zaun und der harte, heiße Pfad von der Scheune zum

Haus, und der heiße, sandige Weg, der hinunter zu den Wäldern führte, überquerte den Bach diesmal auf einer Brücke, dort, wo die Rohrkolben wuchsen, die man mit Petroleum tränkte und dann als Fackeln benutzte, um nachts Fische zu stechen.

Dann bog der Hauptweg nach links ab, umsäumte die Wälder und erkletterte den Hügel, während man auf der breiten Tonschieferstraße in den Wald ging, kühl unter den Bäumen und verbreitert, um die Schierlingstannenborke, die die Indianer abschälten, herausschleifen zu können. Die Schierlingstannenborke war zu Stapeln in langen Reihen aufgeschichtet, mit noch mehr Borke überdacht wie Häuser, und die geschälten Stämme lagen riesengroß und gelb da, wo man die Bäume gefällt hatte. Man ließ die Stämme in den Wäldern liegen und faulen; man verbrannte oder räumte nicht einmal die Wipfel fort. Es war nur die Borke, die sie in der Gerberei in Boyne City brauchten; im Winter schleppte man sie auf dem Eis über den See, und jedes Jahr gab es weniger Wald und mehr offene, heiße, schattenlose, unkrautbewachsene Schneisen.

Aber damals gab es immer noch viel Wald, Urwald, in dem die Bäume hoch in die Höhe wuchsen, bevor die Zweige kamen, und man ging auf dem braunen, sauberen, nadlig-federnden Boden ohne Unterholz, und es war kühl an den heißesten Tagen, und sie lehnten alle drei an dem Stamm einer Schierlingstanne, der breiter war als zwei Betten zusammen, mit einer Brise hoch oben in den Wipfeln und dem kühlen Licht, das in Flecken lag, und Billy sagte: «Willst du Trudy noch mal?»

«Willst du?»

«Hm, hu.»

«Dann komm.»

«Nein, hier.»

«Aber Billy . . .»

«Billy ist mir egal. Er mein Bruder.»

Nachher saßen sie dann alle drei da und horchten auf ein schwarzes Eichhörnchen, das in den oberen Zweigen war, wo sie es nicht sehen konnten. Sie warteten darauf, daß es noch einmal bläffen würde, weil es beim Bläffen den Schwanz ruckartig bewegte, und Nick dorthin schießen würde, wo er eine Bewegung sah. Sein Vater gab ihm jeden Tag nur drei Patronen zum Verschießen, und er hatte eine einläufige Schrotflinte mit einem sehr langen Lauf.

«Scheißkerl, tut sich nie bewegen», sagte Billy.

«Du schießen, Nickie. Ihm Angst machen. Wir ihn springen sehen. Wieder schießen», sagte Trudy. Es war eine lange Rede für sie.

«Ich hab nur noch zwei Patronen», sagte Nick.
«Scheißkerl», sagte Billy.
Sie lehnten an dem Baumstamm und waren ganz still. Nick fühlte sich ausgehöhlt und glücklich.
«Eddy sagt, er kommen werden eine Nacht, im Bett schlafen mit deiner Schwester Dorothy.»
«Was?»
«Er sagte.»
Trudy nickte.
«Das ist alles, er tun wollen», sagte sie. Eddy war ein älterer Halbbruder. Er war siebzehn.
«Wenn Eddy Gilby jemals abends kommt und auch nur mit Dorothy spricht, weißt du, was ich dann mit ihm mache? Ich werde ihn töten, so.» Nick spannte den Hahn, zielte kaum und drückte ab und riß ein Loch so groß wie die Hand in den Kopf oder Bauch von Eddy Gilby, diesem Bastard von einem Mischling. «Gerade so. Ich töte ihn gerade so.»
«Er besser nicht kommen dann», sagte Trudy. Sie steckte ihre Hand in Nicks Tasche.
«Er besser mächtig aufpassen», sagte Billy.
«Er is großer Bluff.» Trudy kramte mit der Hand in Nicks Tasche. «Aber nicht ihn töten, du. Du haben viel Ärger.»
«Gerade so werde ich ihn töten», sagte Nick. Eddy Gilby lag am Boden, die ganze Brust weggeschossen. Nick setzte stolz seinen Fuß auf ihn.
«Ich werde ihn skalpieren», sagte er vergnügt.
«Nein», sagte Trudy. «Das is schmutzig.»
«Ich skalpier ihn und schick's seiner Mutter.»
«Seine Mutter tot», sagte Trudy. «Töte ihn nicht, Nickie, für mich.»
«Nachdem ich ihn skalpiert habe, werfe ich ihn den Hunden vor.»
Billy war sehr niedergeschlagen. «Er besser aufpassen», sagte er finster.
«Sie werden ihn in Stücke reißen», sagte Nick befriedigt von dieser Vorstellung. Dann, nachdem er den Überläufer und Mischling skalpiert und mit bewegungslosem Gesicht dabeigestanden und zugesehen hatte, wie die Hunde ihn zerrissen, ließ er sich rückwärts gegen den Baum fallen, fest umhalst von Trudy, die ihn beinah erstickte und schrie: «Nicht ihn töten! Nicht ihn töten. Nicht ihn töten! Nein. Nein. Nein. Nickie. Nickie. Nickie.»
«Was ist denn mit dir los?»
«Nicht ihn töten.»
«Ich muß ihn töten.»

«Er nur großer Bluff.»
«Schön», sagte Nick. «Ich werde ihn nicht töten, wenn er nicht in die Nähe des Hauses kommt. Laß mich los.»
«Das ist gut», sagte Trudy. «Du jetzt etwas machen wollen? Ich jetzt fühlen gut.»
«Wenn Billy weggeht.» Nick hatte Eddy Gilby getötet und ihm dann das Leben geschenkt, und jetzt war er ein Mann.
«Geh doch, Billy. Du lungerst hier die ganze Zeit rum. Geh schon.»
«Scheißkerl», sagte Billy. «Ich hab genug. Wozu wir kommen? Jagen oder was?»
«Du kannst das Gewehr nehmen. Da ist eine Patrone.»
«Schön. Ich kriege ein großes schwarzes.»
«Ich werd Huhu rufen», sagte Nick.

Dann, später, es war eine lange Zeit danach, und Billy war noch weg.
«Glaubst du, wir machen ein Baby?» Trudy legte ihre braunen Beine behaglich aneinander und kuschelte sich an ihn. Etwas in Nick war weit, weit weggewesen.
«Ich glaube nicht», sagte er.
«Machen viele Babies. Teufel noch mal.»
Sie hörten Billy schießen.
«Ob er wohl eines bekommen hat?»
«Mir egal», sagte Trudy.
Billy kam zwischen den Bäumen durch. Er hatte das Gewehr über der Schulter, und er hielt ein schwarzes Eichhörnchen bei den Vorderpfoten.
«Sieh mal», sagte er. «Größer als eine Katze. Ihr mit allem fertig?»
«Wo hast du es gekriegt?»
«Dort drüben. Sah ihn springen erst.»
«Ich muß nach Hause gehen», sagte Nick.
«Nein», sagte Trudy.
«Ich muß zum Essen zurück sein.»
«Schön.»
«Wollen wir morgen auf Jagd gehen?»
«Schön.»
«Du kannst das Eichhörnchen haben.»
«Schön.»
«Rauskommen nach Abendbrot?»
«Nein.»
«Wie fühlst du dich?»
«Gut.»

«Schön.»

«Mir Kuß in Gesicht geben», sagte Trudy.

Jetzt, wie er in seinem Wagen die Chaussee entlangfuhr und es dunkel wurde, dachte Nick mit keinem Gedanken mehr an seinen Vater. Das Ende des Tages veranlaßte ihn nie, an ihn zu denken. Das Ende des Tages hatte immer Nick allein gehört, und er fühlte sich niemals wohl, wenn er dann nicht allein war. Sein Vater kam ihm im Herbst oder im ersten Frühling ins Gedächtnis, wenn es Schnepfen auf der Prairie gab, oder wenn er Garbenhaufen sah, oder wenn er einen See sah, oder wenn er je ein Pferd und einen Wagen davor sah, oder wenn er Wildgänse sah oder hörte, oder in einem Entenschirm, und er sich an den Tag erinnerte, an dem ein Adler in wirbelndem Schnee niederging, um sich auf eine mit Sackleinwand bedeckte Lockente zu stürzen, und sich dann mit schlagenden Flügeln erhob, die Krallen in der Sackleinwand gefangen. Sein Vater war plötzlich in verlassenen Obstplantagen neben ihm und auf frisch gepflügten Feldern, in Dickichten, auf kleinen Hügeln, oder wenn er durch totes Gras ging, immer wenn er Holz spaltete oder Wasser schleppte, in Getreidemühlen, Apfelweinpressen, auf Dämmen und immer an Lagerfeuern. Die Städte, in denen er lebte, waren keine Städte, die sein Vater gekannt hatte. Nach seinem fünfzehnten Lebensjahr hatte er nichts mehr mit ihm geteilt.

Sein Vater hatte bei kaltem Wetter Frost im Bart, und bei heißem Wetter schwitzte er sehr stark. Er arbeitete gern auf der Farm in der Sonne, weil er es nicht mußte, und er arbeitete gern mit den Händen, was Nick nicht mochte. Nick liebte seinen Vater, aber er verabscheute den Geruch, und einmal, als er seines Vaters Unterwäsche tragen mußte, die seinem Vater zu klein geworden war, wurde ihm schlecht, und er zog sie aus und legte sie unter zwei Steine im Bach und sagte, er habe sie verloren. Er hatte seinem Vater gesagt, wie es war, als sie ihm dieser zum Anziehen gab, aber sein Vater hatte gesagt, sie sei frisch gewaschen. Es war auch so. Als Nick ihn gebeten hatte, er solle doch mal daran riechen, hatte sein Vater unwillig daran geschnüffelt und gesagt, sie sei sauber und frisch. Als Nick ohne sie vom Angeln nach Hause kam und sagte, er habe sie verloren, bekam er Prügel wegen Lügen.

Nachher hatte er im Holzschuppen gesessen, bei offener Tür, mit geladener Flinte, gespanntem Hahn und zu seinem Vater hinübergeblickt, der hinter dem Fliegengitter auf der Veranda saß und die Zeitung las, und hatte gedacht: Ich kann ihn zum Teufel jagen. Ich kann ihn totschießen. Schließlich spürte er, wie der Ärger ihn verließ, und ihm war ziemlich scheußlich zumute, weil es die Flinte war, die ihm sein Vater geschenkt hatte. Dann war er ins Indianerlager gegangen, in der Dunkelheit hingelaufen, um den Geruch loszuwerden. Es gab nur einen Menschen in seiner Familie, dessen Geruch er mochte; das war eine seiner Schwestern. Mit allen anderen vermied er jede Berührung. Sein Geruchssinn stumpfte ab, als er zu rauchen anfing. Das war gut so. Für einen Hühnerhund war es wichtig, aber einem Mann war es zu nichts nutze.

«Wie war es denn, Daddy, als du ein kleiner Junge warst und mit den Indianern auf die Jagd gingst?»

«Ich weiß nicht.» Nick fuhr zusammen. Er hatte nicht einmal bemerkt, daß der Junge wach war. Er blickte ihn an, wie er da neben ihm auf dem Sitz saß. Er hatte sich ganz allein gefühlt, aber der Junge da war bei ihm gewesen. Wie lange wohl? «Wir pflegten den ganzen Tag über schwarze Eichhörnchen zu jagen», sagte er. «Mein Vater gab mir nur drei Patronen am Tag. Er sagte, das würde mir's Schießen beibringen, und es wäre nicht gut für einen Jungen, einfach rumzulaufen und drauflosczuknallen. Ich ging mit einem Jungen, der Billy Gilby hieß, und seiner Schwester Trudy. Wir gingen einen ganzen Sommer über jeden Tag zusammen los.»

«Das sind komische Namen für Indianer.»

«Ja, nicht?» sagte Nick.

«Aber erzähl mir, wie sie waren.»

«Es waren Ojibways», sagte Nick. «Und sie waren sehr nett.»

«Aber wie waren sie so, wenn man mit ihnen zusammen war?»

«Das ist schwer zu sagen», sagte Nick Adams. Konnte man sagen, daß sie als erste machte, was keine je besser gemacht hat, und konnte man dralle braune Beine erwähnen, einen flachen Bauch, harte kleine Brüste, fest umschließende Arme, eine schnell umhersuchende Zunge, die flachen Augen, den guten Geschmack ihres Mundes, dann unbehaglich, eng, süß, feucht, wunderbar, eng, schmerzhaft, voll, endgültig, nicht endend, niemals endend, niemals enden sollend, plötzlich endend war der große Vogel aufgeflogen wie eine Eule im Zwielicht, nur daß es Tageslicht war in den Wäldern und einem Tannennadeln am Bauch klebten. So daß man, wenn man an einen Platz kommt, wo Indianer gelebt haben, sie riecht, wenn sie auch fort sind, und all die leeren, kummerstillenden Flaschen und die Fliegen, die herumsummen, töten nicht den Geruch von Riedgras und den Geruch von Rauch und jenen anderen, wie von einem frisch abgezogenen Marderfell. Weder irgendwelche Witze über sie noch alte Squaws können einem dies nehmen. Auch nicht der süßlich-üble Geruch, den sie dann haben. Auch nicht, was sie zum Schluß taten. Es war nicht, was sie zum Schluß machten. Zum Schluß waren sie alle gleich. Vor langer Zeit einmal gut. Jetzt nicht mehr.

Und das andere. Wenn man einen Vogel im Flug geschossen hat, hat man alle Vögel im Flug geschossen. Sie sind alle verschieden, und sie fliegen auf verschiedene Art und Weise, aber die Sensation ist die gleiche, und der letzte ist ebensogut wie der erste. Dafür war er seinem Vater dankbar.

«Vielleicht würden sie dir nicht gefallen», sagte Nick zu dem Jungen, «aber ich glaube eigentlich doch.»

«Und mein Großvater lebte auch, als er ein Junge war, mit ihnen zusammen, nicht wahr?»

«Ja. Als ich ihn fragte, wie sie waren, sagte er, daß er viele Freunde unter ihnen hatte.»

«Werde ich auch mal mit ihnen leben?»

«Ich weiß nicht», sagte Nick. «Das hängt von dir ab.»

«Wie alt werd ich sein, wenn ich ein Gewehr bekomme und allein auf die Jagd gehen darf?»

«Zwölf Jahre, wenn ich sehe, daß du vorsichtig bist.»

«Ich wünschte, ich wäre jetzt zwölf.»

«Das wirst du bald genug sein.»

«Wie war mein Großvater eigentlich? Ich kann mich nicht an ihn erinnern, außer daß er mir, als ich aus Frankreich damals herüberkam, ein Luftgewehr und eine amerikanische Flagge geschenkt hat. Wie war er eigentlich?»

«Er läßt sich schwer beschreiben. Er war ein großer Jäger und Angler, und er hatte wunderbare Augen.»

«War er besser als du?»

«Er war ein viel besserer Schütze als ich, und sein Vater war auch ein großer Flugschütze.»

«Ich wette, daß er nicht besser war als du.»

«O doch, das war er. Er schoß sehr schnell und schön. Ich sah ihm lieber beim Schießen zu als irgendeinem anderen Menschen, den ich je gekannt habe. Er war immer sehr enttäuscht über meine Art zu schießen.»

«Warum gehen wir nie ans Grab meines Großvaters beten?»

«Wir leben in einem anderen Teil des Landes. Es ist weit von hier entfernt.»

«In Frankreich würde das nichts ausmachen. In Frankreich würden wir hinfahren. Ich finde, ich sollte ans Grab meines Großvaters gehen und beten.»

«Irgendwann fahren wir mal hin.»

«Ich hoffe, daß wir niemals irgendwo wohnen werden, wo ich niemals an deinem Grab beten kann, wenn du tot bist.»

«Da müssen wir Vorsorge treffen.»

«Meinst du nicht, wir könnten alle an einem bequem gelegenen

Ort begraben werden? Wir könnten alle in Frankreich begraben werden. Das wäre großartig.»

«Ich will nicht in Frankreich begraben werden», sagte Nick.

«Na, dann müssen wir irgendeinen bequem gelegenen Platz in Amerika finden. Könnten wir nicht alle draußen auf der Ranch begraben werden?»

«Das ist eine Idee.»

«Dann könnte ich auf dem Weg zur Ranch anhalten und am Grab meines Großvaters beten.»

«Du bist furchtbar praktisch.»

«Ja, weißt du, ich fühle, daß es nicht recht ist, daß ich noch nie am Grab meines Großvaters war.»

«Wir müssen hin», sagte Nick. «Ich sehe schon, wir müssen hin.»

# Inhalt


| | |
|---|---|
| Nach dem Sturm | 7 |
| Ein sauberes, gutbeleuchtetes Café | 13 |
| Das Licht der Welt | 17 |
| Gott hab euch selig, ihr Herren | 24 |
| Wetterumschwung | 29 |
| So, wie du niemals sein wirst | 33 |
| Die Mutter eines Schwulen | 45 |
| Eine Leserin schreibt | 49 |
| Huldigung an die Schweiz | 51 |
| Ein Tag Warten | 63 |
| Eine Naturgeschichte der Toten | 66 |
| Wein aus Wyoming | 75 |
| Der Spieler, die Nonne und das Radio | 91 |
| Väter und Söhne | 108 |

«Die Hauptstadt der Welt» («The Capital of the World»)
erschien zuerst unter dem Titel «The Horns of the Bull»

Ernest Hemingway

**Ernest Hemingway**, 1899 in Oak Park, Illinois, geboren, setzte sich früh in den Kopf, Journalist und Schriftsteller zu werden. Als Korrespondent für den «Toronto Star» arbeitete er in Paris, wurde des «verdammten Zeitungszeugs» überdrüssig und begann, Kurzgeschichten zu schreiben. 1929 erschien «In einem andern Land» und wurde ein durchschlagender Erfolg. Hemingway reiste durch Spanien, unternahm Jagdexpeditionen nach Afrika, wurde Kriegsberichterstatter im Spanischen Bürgerkrieg. 1954 erhielt er den Nobelpreis für Literatur. Sein selbstgeschaffener Mythos vom «Papa», seine Krankheiten und Depressionen machten ihn schließlich unfähig zu schreiben. Am 2. Juli 1961 nahm er sich das Leben.

Von Ernest Hemingway sind im Rowohlt Taschenbuch Verlag u. a. lieferbar:

**Gesammelte Werke** *10 Bände in einer Kassette*
(rororo 31012)

**Der Abend vor der Schlacht**
*Stories aus dem Spanischen Bürgerkrieg*
(rororo 5173)

**Der alte Mann und das Meer**
(rororo 328 und in der Reihe Großdruck 33106)

**Fiesta** *Roman*
(rororo 5)

**Der Garten Eden** *Roman*
(rororo 12801)

rororo Literatur

**Die grünen Hügel Afrikas**
(rororo 647)

**In einem andern Land** *Roman*
(rororo 216)

**Reportagen 1920 – 1924**
(rororo 12700)

**Schnee auf dem Kilimandscharo**
*6 stories*
(rororo 413)

Im Rowohlt Verlag ist u.a. erschienen:

**Die Stories**
Deutsch von Annemarie Horschitz-Horst
500 Seiten. Gebunden

Ein Gesamtverzeichnis aller lieferbaren Titel von **Ernest Hemingway** finden Sie in der *Rowohlt Revue*. Vierteljährlich neu. Kostenlos in Ihrer Buchhandlung.

3236/3

*John Updike*

Scharfsichtig, komisch, leidenschaftlich schildert **John Updike** die normale Welt des normalen amerikanischen Kleinbürgers. John Updike, geboren 1932 in Shillington, Pennsylvania, studierte in Harvard und Oxford. Er war zeitweise Redakteur des «New Yorker» und schreibt heute noch für das Magazin brillante Essays, Parodien und Kritiken. Seine Romane und Erzählungen fanden ein enthusiastisches Echo und wurden mit zahlreichen angesehenen Literaturpreisen ausgezeichnet. «John Updike reproduziert den Alltag nicht, son-dern er macht ihn, weil er ihn kennt und schreibend durchdringt wie kein anderer, zu einer großen, schönen, traurigen Metapher menschlichen Lebens.» *Ulrich Greiner in «Die Zeit»*

Eine Auswahl der lieferbaren Titel bei rororo:

**Amerikaner und andere Menschen** *Essays*
(rororo 5850)

**Auf der Farm** *Roman*
(rororo 12570)

**Der Coup** *Roman*
(rororo 5667)

**Ehepaare** *Roman*
(rororo 1488)

**Das Gottesprogramm. Rogers Version** *Roman*
(rororo 12867)

**Heirate mich!** *Eine Romanze*
(rororo 4982)

*rororo Literatur*

**Henry Bech** *Erzählungen*
(rororo 5448)

**Die Hexen von Eastwick**
*Roman*
(rororo 12366)

**Die «Rabbit»- Romane: Hasenherz. Unter dem Astronautenmond. Bessere Verhältnisse. Rabbit in Ruhe.**
*Kassette mit 4 Bänden*
(rororo 13553)

**S.** *Roman*
(rororo 12955)

**Vermischtes** *Essays*
(rororo 12329)

**Der verwaiste Swimmingpool**
*Erzählungen*
(rororo 12680)

**Der weite Weg zu zweit**
*Szenen einer Liebe*
(rororo 5777)

Ein Gesamtverzeichnis aller lieferbaren Titel von **John Updike** finden Sie in der *Rowohlt Revue*. Jedes Vierteljahr neu. Kostenlos. In Ihrer Buchhandlung.

3281/3

## Jean-Paul Sartre

«Es gibt weit und breit in moderner Literatur keine genaueren und wahrhaftigeren Aussagen über die moralische Natur des Menschen. Diese Dramatik ist deshalb so faszinierend, weil sie die schal und leer gewordenen Fassaden einfach beiseite schiebt und den modernen Menschen in seiner Nacktheit zeigt: da wird seine Sache verhandelt, seine höchste und schwerste, die stolze, einsame Freiheit des Menschen.» *Karl Korn*

**Der Ekel** *Roman*
(rororo 581 und als gebundene Ausgabe)
«Jean-Paul Sartre, der, glaube ich, Philosophielehrer ist und dem wir ein exzellentes Buch über die Imagination verdanken, hat gerade ein glänzendes Debüt als Romancier gegeben. *Der Ekel*, das Tagebuch des Antoine Roquentin, ist der Roman der absoluten Einsamkeit. Es geht um nichts anderes als um die geistigen Folgen der Einsamkeit. Sie werden mit einer Schärfe des Denkens und des Ausdrucks analysiert, die den meisten Lesern sicherlich unerträglich erscheinen wird.»
*Paul Nizan in «Ce Soir» vom 16. Mai 1938*

**Zeit der Reife** *Die Wege der Freiheit 1. Roman*
(rororo 5813)

**Der Aufschub** *Die Wege der Freiheit 2. Roman*
(rororo 5935)

## Romane und Erzählungen

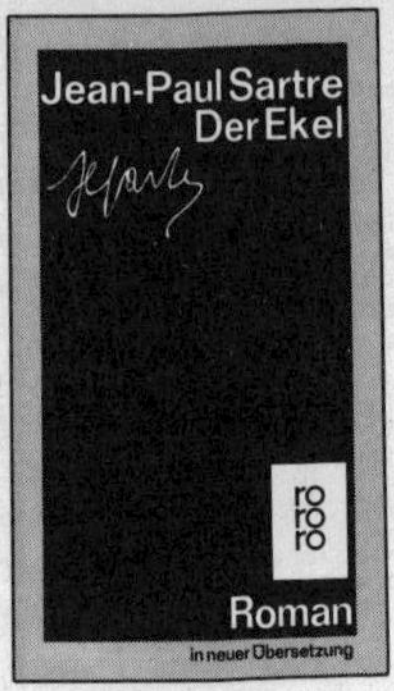


**Der Pfahl im Fleische** *Die Wege der Freiheit 3. Im Anhang: Mathieus Tagebuch. Roman*
(rororo 12270)

**Die letzte Chance** *Die Wege der Freiheit 4. Romanfragment*
(rororo 5692)

**Die Kindheit eines Chefs** *Erzählungen*
(rororo 5517)

**Gesammelte Werke. Romane und Erzählungen**
*In neuer Übersetzung*
Taschenbuch-Kassette mit 4 Bänden
(rororo 34008)

**Königin Albemarle oder Der letzte Tourist** *Fragmente*
(rororo 13293)

**Sartre-Lesebuch** *Den Menschen erfinden*
Herausgegeben von Traugott König
(rororo 13004)

3268/2

## Jean-Paul Sartre

«**Sartre** lebte, um zu schreiben», sagte Simone de Beauvoir über ihn. Am 21. Juni 1905 wurde **Jean-Paul Sartre** in Paris geboren. 1938 erschien sein brillanter Debütroman *Der Ekel.* Sein ungeteiltes humanitäres Engagement, ob gegen den französischen Algerien-Krieg oder die Niederschlagung des Ungarn-Aufstands, machten aus Sartre eine Art Weltgewissen. Als er am 15. April 1980 starb, begleiteten Zehntausende den Trauerzug durch Paris.

**Die Wörter**
(rororo 1000)

**Sartre über Sartre** *Aufsätze und Interviews 1940 – 1976*
(rororo 4040)

**Krieg im Frieden 1** *Artikel, Aufrufe, Pamphlete 1948 – 1954*
(rororo 4904)

**Krieg im Frieden 2** *Reden, Polemiken, Stellungnahmen 1952 – 1956*
(rororo 4973)

**Paris unter der Besatzung** *Artikel, Reportagen, Aufsätze 1944 – 1945*
(rororo 4593)

**Wir sind alle Mörder** *Der Kolonialismus ist ein System. Artikel, Reden, Interviews 1947 – 1967*
(rororo 12271)

**Briefe an Simone de Beauvoir**
Band 1: 1926 – 1939
(rororo 5424)
Band 2: 1940 – 1963
(rororo 5570)

## Politische Schriften und Autobiographisches

**Gesammelte Werke Autobiographische Schriften, Briefe, Tagebücher**
Taschenbuch-Kassette mit 6 Bänden
(rororo 34009)

Jean-Paul Sartre / Philippe Gavi / Pierre Victor
**Der Intellektuelle als Revolutionär** *Streitgespräche*
(rororo 1994)

Jean-Paul Sartre / Hervé Bazin / Marc Beigbeder u. a.
**Wider das Unrecht. Die Affäre Henri Martin**
(rororo 5096)

Im Rowohlt Verlag sind erschienen:

**Tagebücher November 1939 – März 1940**
Deutsch von Eva Moldenhauer
528 Seiten. Gebunden.

3272/3

## Jean-Paul Sartre

«**Sartre** lebte, um zu schreiben. Er war berufen, von allen Dingen Zeugnis abzulegen und sie, unter dem Primat der Notwendigkeit, denkend neu zu erschaffen.» *Simone de Beauvoir*

**Baudelaire** *Ein Essay* (rororo 4225)

**Schwarze und weiße Literatur**
*Aufsätze zur Literatur 1946–1960*
(rororo 5199)

**Was ist Literatur?**
(rororo 4779)

**Plädoyer für die Intellektuellen**
*Interviews, Artikel, Reden*
1950–1973
(rororo 12738)

**Sartres Flaubert lesen** *Essays zu «Der Idiot der Familie»*
Herausgegeben von Traugott König
(das neue buch 116)

**Gesammelte Werke**
**Schriften zur Literatur**
*Der Mensch und die Dinge. Baudelaire. Was ist Literatur? Saint Genet, Komödiant und Märtyrer. Schwarze und weiße Literatur. Mallarmés Engagement. Was kann Literatur? Der Idiot der Familie I–IV. Gustave Flaubert 1821–1857. IV. Objektive und subjektive Neurose*
Taschenbuch-Kassette mit 8 Bänden
(rororo 34007)

## Schriften zur Literatur

Im Rowohlt Verlag sind außerdem erschienen:

**Saint Genet, Komödiant und Märtyrer**
Deutsch von Ursula Dörrenbächer
992 Seiten. Gebunden.

**Mallarmés Engagement**
Deutsch von Traugott König
224 Seiten. Gebunden.

«Zum Schreiben bedarf es zweier Bedingungen und nur zweier: die erste ist, daß die Situation, die uns bereitet ist, keinen besseren Ausweg enthält. Die zweite Bedingung ist, daß der literarische Ausweg von jedem Schriftsteller neu gefunden und gewollt werden muß, als wenn niemand vor ihm auf die Idee gekommen wäre zu schreiben.» *Jean-Paul Sartre*

3269/2

## Jean-Paul Sartre

«Ich halte *Die respektvolle Dirne* von Sartre für eine Art Meisterwerk ... Seit den ausgezeichneten Erzählungen in der *Mauer* hat er nichts Stärkeres noch Vollkommeneres geschrieben.» *André Gide, Tagebuchaufzeichnung 15. März 1947*

**Geschlossene Gesellschaft**
*Stück in einem Akt*
(rororo 5769)

**Die schmutzigen Hände** *Stück in sieben Bildern*
(rororo 12485)

**Die respektvolle Dirne** *Stück in einem Akt und zwei Bildern*
(rororo 5838)

**Das Spiel ist aus**
(rororo 59)

**Tote ohne Begräbnis** *Stück in vier Akten*
(rororo 12487)

**Mythos und Realität des Theaters** *Schriften zu Theater und Film 1931 – 1970*
(rororo 4422)

**Bariona oder Der Sohn des Donners / Die Fliegen** *Ein Weihnachtsspiel. Drama in drei Akten*
(rororo 12942)

**Im Räderwerk** *Drehbuch*
(rororo 12207)

**Freud** *Das Drehbuch*
(rororo 13607)

## Theater und Film

**Gesammelte Werke Theaterstücke** *In z.T. neuer Übersetzung von Traugott König*
Taschenbuch-Kassette mit 9 Bänden
(rororo 34011)

**Sartre. Ein Film**
Von Alexandre Astruc und Michel Contrat. Unter Mitwirkung von Simone de Beauvoir, Jacques-Laurent Bost, André Gorz und Jean Pouillon. Autobiographische Schriften Band 3
(das neue buch 101)

«Garcin: Also das ist die Hölle. Ich hätte es nie geglaubt ... Ein Rost ist gar nicht nötig, die Hölle, das sind die anderen.»
*Sartre, Geschlossene Gesellschaft*

3270/2